Príncipes não Existem

LIVRO I / OLGA

MARIALDA BARRETO

Príncipes não Existem

LIVRO I / OLGA

PandorgA
NACIONAL
2019

Direção Editorial
Silvia Vasconcelos
Produção Editorial
Equipe Editoral Pandorga
Preparação
Equipe Editoral Pandorga
Revisão
Fernanda Rizzo
Diagramação
Cristiane Saavedra | CS EDIÇÕES
Capa
Gisely Fernandes | CS EDIÇÕES

Texto de acordo com as normas do Novo Acordo Ortográfico da Língua Portuguesa (Decreto Legislativo nº 54, de 1995)

Dados Internacionais de Catalogação na Publicação (CIP)
Ficha elaborada por: Aline Graziele Benitez CRB-1/3129

B263p Barreto, Marialda
1.ed. Príncipes não existem: Olga / Marialda Barreto. – 1.ed. São Paulo: Pandorga, 2019.

172 p.; 14 x 21 cm.

ISBN: 978-85-8442-414-6

1. Literatura brasileira. 2. Romance. 3. Ficção. 4. Casamento. I. Título.

CDD 869.93

Índice para catálogo sistemático:
1. Literatura brasileira: romance
2. Ficção: casamento

APOIO CULTURAL
MEDICMAIS
VILHENA/RO

2019
IMPRESSO NO BRASIL
PRINTED IN BRAZIL
DIREITOS CEDIDOS PARA ESTA EDIÇÃO À
EDITORA PANDORGA
RODOVIA RAPOSO TAVARES, KM 22
GRANJA VIANA – COTIA – SP
Tel. (11) 4612-6404

WWW.EDITORAPANDORGA.COM.BR

Dedico este livro ao amigo Espírito Santo,
meu parceiro e mestre em todo o tempo.

MINHA GRATIDÃO

Ao Eterno, Deus de Abraão, Isaque e Israel, que sempre me surpreende com suas grandezas. Quando penso que acabou, Ele diz: "Tem mais filha! Tem muito mais!".

Ao meu irmão Dário César, por ter plantado neste projeto. Oro para que a colheita venha Dele para você de forma maravilhosa.

Ao meu marido João César, aos meus filhos Jonathan, João Victor e Maria Júlia. Estaremos para sempre juntos.

À minha mãe, pelas orações e pelo amor. Aos meus irmãos Dário, Vanessa, Thiago. A fidelidade Dele é surpreendente, não é mesmo?

Às amigas Belchíria Oliveira, pelo incentivo incondicional, e Denise Mattos, pela caminhada na fé.

Aos meus primeiros leitores, carinhosamente ao meu filho João Victor, que tão diligentemente leu cada linha e foi a mente jovem falando. À jornalista Âmely Ouellette, à jornalista e poetisa Dafne Stamato e ao empresário Mateus Andrade, o meu "muito obrigada", pelas dicas preciosas.

Ao jornalista Tim Filho, pela ajuda ímpar nos conselhos editoriais.

Ao meu mestre e amigo jornalista Marcos Mendes, que previu tudo isso, e há tão pouco tempo partiu desta vida. Gostaria que estivesse aqui para te dizer: "Você é fera!".

Aos meus pastores Moisés de Oliveira e Jaqueline, pelo cuidado, amor e, lógico, pelas orações.

Por fim, o meu carinho para a equipe Pandorga pelo capricho com o meu primeiro filho.

APRESENTAÇÃO

Durante algum tempo, meu momento mais prazeroso do dia era quando eu lia os romances de Marialda Barreto. Você, leitor, tem nas mãos o primeiro da série: *Príncipes não existem*. Tive o grande privilégio de ler antes da publicação os seus três primeiros romances, pelos quais fiquei apaixonada.

Deitada na rede de casa deixava-me ser conduzida pela trama. E eu poderia ter sido Cecília, Olga ou Ana, e poderia ter cometido os mesmos erros e acertos. Poderia mudar um final ou simplesmente deixar exatamente como estava. Foi maravilhoso ler essas histórias! Amei cada capítulo e personagem. E o que posso dizer? Você tem razão, Marialda, príncipes não existem, e princesas, também não. Viva a nossa imperfeição! Que coisa boa é ser imprevisível. Viva os romances em que conseguimos nos ver e nos entender melhor!

Marialda, muito obrigada pelo imenso privilégio! E só te peço para escrever sempre. Já estou com saudades de nossas heroínas e suas vidas complexas. Só tenho uma pergunta: "Qual será seu próximo livro que levarei para a rede?".

Dafne Stamato
Jornalista e poetisa

Sei que você fez os seus castelos
e sonhou ser salva do dragão.
Desilusão meu bem.
Quando acordou, estava sem ninguém.

Erasmo Carlos

SUMÁRIO

O DIVÓRCIO

O amor não guarda rancor

OLGA LUTAVA PELO CONTROLE DAS EMOÇÕES na última audiência de divórcio. Um sentimento de derrota a dominava. Estava arrasada. As mãos estavam geladas, não pelos 19 graus do ar condicionado, mas porque sabia que ali estariam sendo ditadas as palavras finais de um grande amor. Nunca mais seria verdadeiramente feliz, e não estava sendo fatalista. Tinha convicção disso! A história deles era muito sólida para morrer na janela do esquecimento das memórias.

Nas aparências, da parte dela notava-se uma secura mórbida e sobriedade. Os cabelos negros, caídos até os ombros, sem um fio fora do lugar; o batom discreto e as duas mãos entrelaçadas esquecidas no colo. Dona de uma expressão impenetrável. Um equilíbrio de dar inveja. Pouco a pouco estava aprendendo a enterrar os sentimentos. No lado oposto, Marco exalava ódio. Os olhos verdes, tão adorados ainda num passado recente, brilhavam irados. A boca irresistível, que a fascinara por anos, exprimia uma raiva contida quase que fora de controle pelo visível ranger dos dentes perfeitos. Nos poucos minutos que o contemplou disfarçadamente, Olga sentiu a força daquela criatura linda. Um homem programado para arrasar corações.

Havia olheiras desenhando o semblante de ambos. Nela, pouco evidentes para uma análise rápida, graças à maquiagem. Marcas que denunciavam a tragédia da noite que precedera aquela manhã fatídica. Olga tinha consciência de que precisava dormir cedo para resistir àquela reunião, contudo, era madrugada e ainda rolava na cama num estresse insuportável quando o telefone tocou. "Só podia ser ele!" Assim, gritou o coração. E era. Atendeu rapidamente para evitar que o som insistente da chamada acordasse o filho. Naquela noite, Pedro se recusara a ir para o quarto dele e apenas adormeceu, depois de muito lamentar a ausência do pai. Para o garoto de treze anos estava sendo difícil aceitar a separação. Isso feria os sentimentos de Olga e trazia questionamentos. "Não estaria sendo egoísta? Talvez, pelo filho, não deveria continuar com o casamento?"

O "oi" foi dito num sussurro, enquanto se levantava com o telefone sem fio nas mãos. Ainda não tinha chegado ao corredor, que dava acesso aos outros quartos, e o marido já disparava agressividades do outro lado.

— Tinha certeza de que estava acordada. Você também está desesperada. Não quer o divórcio.

— Não estou desesperada, Marco! — Fez uma pausa antes de continuar: — Estou muito triste. Ninguém se casa para separar-se. Casamento é para sempre. — As palavras de contra-ataque foram lançadas num tom comedido.

Um silêncio se fez e, em seguida, com a voz embargada, porém firme, o marido implorou pausadamente:

— Por favor, desista do divórcio. Não saberei viver sem você e sem o Pedro.

Olga não conseguiu responder. Queria chorar! Era estranho imaginá-lo do outro lado se rebaixando para tê-la de volta, sobretudo, pelo que conhecia dele. Então, Marco começou a descortinar todo o passado, relembrando o início de tudo e prometendo mudanças sérias a partir daquele instante. Quando terminou, a mulher ainda permanecia muda.

— Olga, você está aí? — quem até aquele momento falara com intrepidez amaciou a voz.

— Não posso, Marco. O meu coração está quebrado, em pedaços... Não dá para remendar, colar. Quem sabe um dia, quando essa dor que sinto passar.

— É agora ou nunca! — voltou a gritar como um louco. — Um "não" seu neste minuto e você me perde para sempre.

— Você não entendeu, Marco. Eu já perdi você, aquele dia, no Guarujá. Fique feliz! A porta da cadeia está aberta. Você está liberto de mim.

— Até daqui a pouco, Olga — disse com amargura e, sem esperar por uma despedida, bateu o telefone.

O dia amanhecia quando Olga finalmente conseguiu fechar os olhos. Marco sequer dormiu. O cérebro trabalhava a todo vapor querendo buscar uma saída para evitar o inevitável. As poucas horas de sono ou a falta dele estavam evidentes no casal, que se enfrentava naquela sala fria, de decoração funcional. Sentados em cadeiras de design rústico feitas de cerejeira maciça, um de frente ao outro, extremamente exaustos, tanto física quanto emocionalmente. O juiz que lia o ambiente de forma sagaz na cabeceira da mesa enorme, trabalhada também da mesma madeira, percebeu a tensão e se preparava para uma audiência complicada. Os advogados apressados e vorazes abriam suas pastas processuais com dezenas e dezenas de páginas. Para eles, era apenas mais um divórcio. Caso perceberam o clima carregado, sequer deram importância. Olga buscou o relógio de ouro no pulso. Quinze minutos já tinham se passado e se segurava, imensamente angustiada. Marco ali, cara a cara com ela, destilando arrogância numa aura de poder. Logo que chegara ao fórum, na antessala de espera, numa atitude ultrajante, lhe virara as costas. Olga deduzia o porquê da fúria, ele devia estar se odiando pela ligação da madrugada. Era um orgulhoso, um prepotente. Quem conhecia a história deles sabia que toda aquela hostilidade era injustificável. O desleal era ele.

O coração em turbilhão remoía uma única pergunta: "Como aconteceu de um grande amor se perder daquele jeito?". Sabia como era tarde demais para respostas, todavia, a pergunta insistia em machucar! A emoção de um coração descontrolado queria retornar para os braços do marido, perdoar, apesar de tudo. Contudo, a razão alojada nesse mesmo coração dizia que não restava mais nada para se viver ao lado dele.

O perdão não tinha como trazer de volta a pureza dos primeiros anos nem mesmo relevar o descaso do período em que estiveram casados. Tanta concessão unilateral. Muitas palavras de amor. Poucos gestos autênticos. Apenas hipocrisia. Na gota que faltava, o encanto foi quebrado, triturado... Como se alguém com violência lançasse ao chão um vaso de porcelana e quisesse que o mais habilidoso dos artistas recuperasse a preciosidade perdida. Impossível.

Durante toda a seção, ela praticamente ficou calada. Um crucifixo na parede tão perturbador proclamava: "Perdoa, ele não sabe o que fez". Depois de longos minutos, que pareceram uma eternidade, orou intimamente. "Perdoa-me, Pai. Não posso perdoá-lo. Não tenho o seu coração. O meu é de pedra!" Desviou a visão da imagem cristã, pois as lágrimas ameaçavam jorrar dos olhos que, sem querer, deram com o flagrante dele. Marco tinha acompanhado o olhar de Olga e também atinou para a cruz. Num vislumbre de segundos pensou encontrar naquele rosto um arrependimento genuíno, porém considerou ser apenas imaginação. Em instantes, estava de volta a mesma presunção tão peculiar nele. Era o tipo de homem que nunca se sentia desconfortável. Quis chorar! Então, inclinou a cabeça e espantou aqueles pensamentos. Para não expor toda a sua dor precisava se aguentar. Seria uma vergonha.

Os advogados falavam e discutiam entre si diante de um juiz atento, que pouco fez intervenções. Um bloqueio a impedia de se concentrar: não ouvia nada. Mantinha-se ereta, altiva e sempre cuidando para fugir do olhar do marido. Marco, pelo contrário, encarava a mulher o tempo todo, como se esperasse que desabasse a qualquer minuto em cima dele, pois a conhecia muito bem. Sabia que estava no seu limite.

A voz do advogado invadiu os devaneios dela.

— Olga, você está de acordo com o que foi dito aqui?

— Sim — respondeu de imediato, mesmo não tendo prestado atenção em uma palavra sequer. Ansiava sair daquele ambiente urgentemente.

Os motivos e o desgaste dos trâmites do divórcio tinham mexido com ela. Suas emoções estavam em frangalhos. Marco se transformara durante o processo. Havia uma voracidade nele para magoá-la. Fez milhões de exigências a respeito do filho, como se Olga não tivesse consciência de que Pedro, na fase inicial da adolescência, precisasse mais do pai do que dela. A apatia da mulher em relação a tudo o irritava ainda mais. Desejava que precisasse dele, que protestasse... Apesar disso, o que ele exigia, ela abria mão. Nas audiências anteriores, por diversas vezes, os advogados chamaram a atenção de Marco, pediram para que se acalmasse, relevasse, pois tinha sorte pela camaradagem dela.

No momento em que os papéis do divórcio foram finalmente assinados, todos se levantaram das cadeiras. Ela chegou a suspirar de alívio. O agora, ex-marido, com os cabelos castanhos em desalinho, todo vestido de branco, não disse uma palavra, apenas bateu na mesa com certa violência, assustando a todos os presentes, e saiu sem ao menos um "adeus" a ninguém.

O juiz ergueu um olhar inquiridor. Ela, sem graça, devido à atitude de Marco, buscou disfarçar. Ajeitou o terninho verde-água, alisou a calça, como se pudesse ter amassado nos minutos passados ali. Na verdade, a roupa estava impecável. "Uma mulher lindíssima!", admirou internamente o magistrado.

Completamente perturbada, ela se despediu, agradecendo a todos. Em seguida, apanhou a bolsa que estava numa cadeira próxima e se foi daquele lugar de derrota para muitos infelizes.

Ainda segurou as lágrimas amargas, que só deixou cair copiosamente ao alcançar o estacionamento. O Mercedes-Benz prateado tinha sido um presente de Marco pelos quinze anos de casados. Ironizou em uma única frase para si mesma: "As bodas de cristal se espatifaram após dois anos". Como uma perseguição, desde a decisão pelo divórcio, tudo nela, dela, apontava para ele e, inevitavelmente, as recordações voltavam a todo instante como uma praga mental.

O pensamento dispersou-se rapidamente, logo que foi atendida pelo manobrista. Graças aos óculos escuros, o rapaz não percebeu a tempestade que se fazia dentro da jovem senhora, que pagou pelo estacionamento num olhar perdido para o registro no ticket. E foi impossível não considerar: "Foram necessários apenas quarenta minutos para um ponto final em dezessete anos ao lado daquele que sempre seria o homem da sua história".

Protegida dentro do veículo, ela amassou o pedaço de papel com ira e desabou. As lágrimas deram vazão a um choro descontrolado, de soluçar. Respirou várias vezes e foi saindo do estacionamento devagar. Nunca as ruas e avenidas da Grande São Paulo lhe pareceram tão dolorosas. O som rotineiro e barulhento do trânsito se misturava à imagem dos olhos verdes irados e a sua cabeça parecia que ia explodir. Seguiu assim, atravessando ruas e avenidas, num fim de manhã de céu nublado, tal qual estava sua alma. Com ela, seguia a dor da perda, que lhe dava vontade de morrer.

Era o início de um tempo novo no qual teria que se acostumar com a solidão que já vinha sendo companheira fiel desde a saída do marido do apartamento. E não somente por causa do divórcio, o agravante de se viver num grande centro, longe da família, corroboraria. E lhe doía também a existência solitária, caminhando em meio a milhões de pessoas. Seria apenas uma mulher descasada a mais na multidão.

Na garagem do prédio, antes de destravar a porta do carro, secou os olhos, repôs os óculos escuros, pegou a bolsa e saiu apressadamente. Orou a Deus para que não encontrasse nenhum vizinho pelo caminho, uma vez que não tinha condições emocionais nem mesmo para um "bom-dia". Embora tivesse se preparado, descobriu que de nada adiantara. Ainda não estava emocionalmente estabilizada para dizer adeus a Marco. A verdade era essa! Será que algum dia estaria em condições de enfrentá-lo, face a face, num comportamento normal, como se ele fosse um estranho?

Terminava de trancar a porta da sala quando Zita surgiu afobada vinda da cozinha. A funcionária sofria com os conflitos dos últimos meses, já que estava na família havia anos. Ao perceber que a patroa não tiraria os óculos escuros em sua presença, deduziu que a audiência tinha sido dolorosa, como já se esperava. Antes que fizesse qualquer pergunta, Olga adiantou desprovida de emoção, em palavras ensaiadas.

— Zita, tudo certo por lá. Divórcio assinado. Acabou.

— Ai que tristeza. Sinto muito tudo isso. Vai passar. Tudo passa — acalmou a funcionária tão querida sem acreditar no próprio discurso. Seu Cláudio ligou três vezes e pediu que a senhora ligasse de volta assim que chegasse. A Bia é mesmo a melhor vizinha que a senhora poderia ter. Ela carregou o Pedro para a casa dela e disse que ia levá-lo à escola. E o almoço já está pronto.

— Obrigada por tudo, Zita. Não vou almoçar. Pode ajeitar as coisas aí e ir para casa.

— A senhora não devia comer alguma coisa? Fiz bife à parmegiana que a senhora gosta tanto!

— Obrigada, Zita. Agora não desce nada. Quero descansar. Praticamente não dormi a noite passada.

Na cozinha, ela pegou um copo com água e o levou para o quarto, onde engoliu um calmante. Respirou fundo, pegou o telefone e discou o número da casa dos pais, na sua amada cidade natal. A nostalgia veio forte e bateu a saudade do pequeno município mineiro de Caratinga. Saudade das primas Nice e Fernanda.

Ambas, amigas de infância, companheiras nas brincadeiras de rua e confidentes fiéis na adolescência. Do pai e da mãe sempre tão carinhosos, saudades do afago nos cabelos, saudades do colo deles. Ao ouvir a voz paterna, foi logo demonstrando falsa alegria.

— Uai, seu Cláudio Marques de Araújo, a Zita me disse que já ligou três vezes. Que preocupação é essa?

— Eu e sua mãe estamos aqui, angustiados e aflitos, por causa da última audiência. Sabemos como vocês se amavam. Só não estamos aí porque você não permitiu.

— Pai, está tudo bem. Somente o desgaste de todo divórcio.

— Quando você vem pra cá?

— Estou envolvida com o fim do meu livro, e o Pedro está em aulas. Mas prometo que não vai demorar.

Olga ainda falou um pouco mais com o pai; a seguir, com a mãe e, enfim, pôde jogar-se na cama e chorar... Chorar muito... Naquele cantinho do amor deles, naquela cama onde partilharam tantas noites bem-amadas e tantas outras igualmente mal-amadas. Queria chorar até esgotar o pranto, como se isso fosse possível. Ali celebraram amanheceres com sorrisos que costumeiramente se iniciavam com longas conversas no banho, que sempre que podiam compartilhavam. E também se entristeceram em outros amanheceres desastrosos, exaltados com gritos estúpidos, com portas violentamente fechadas. Ocasiões infelizes mesmo, o que faz parte da vida. Não dá para ser feliz o tempo todo. Assim, entre lembranças doces e amargas, em finos lençóis, repousou, sentindo-se completamente sozinha.

UM VERÃO EM 1984

O amor tudo espera

Olga crescera apaixonada pelos livros. Na infância, já se fazia uma ávida leitora de contos de fadas. Na fase final da adolescência, tinha em Jane Austen sua autora de cabeceira. Na escrivaninha de estudos, Razão e sensibilidade, Emma, Persuasão e o seu preferido dos preferidos. Com as amigas comentava parafraseando a escritora britânica: "É uma verdade universal" que Orgulho e Preconceito, sem sombra de dúvidas, é a obra mais amada da autora. A moça estava no rol das leitoras apaixonadas por Fitzwilliam Darcy, o seu "Lord inglês" dos sonhos; e era uma admiradora da não tão bela ou da bela senhorita Elizabeth Bennet! Uma heroína a frente do seu tempo: inteligente, alegre e com "tiradas" surpreendentes.

O verão, com seus dias longos e quentes, sempre foi a estação do ano favorita de Olga. Foi nessa época, na década de 1980, ocasião que ingressava no mundo de Jane Austen que conhecera seu príncipe, seu *Lord* inglês de olhos verdes assassinos. Gargalhava ao ponderar sobre a descrição, pois era desse modo que se sentia quando apreciava aqueles olhos: achava que iria morrer. E aí, uma canção saltava de dentro do peito: *um verde profundo no olhar a me endoidecer...*

Os pais tinham uma casa de veraneio em Alcobaça; todos os anos, desde que Olga se entendia por gente, passavam as férias ali. Uma época de alegria para ela, acostumada a um ambiente silencioso durante todo o ano. Era filha única.

Ali, reunia-se boa parte da família: avós, tios e primos, embora, às vezes, alguma intempérie comum entre parentes vinha atrapalhar a comunhão. Todavia, nada que não fosse resolvido rapidamente com a intervenção dos avós, sempre semeando a concórdia.

Olga e os pais chegavam pouco antes das festas de fim de ano e somente partiam em fevereiro, com o término do carnaval. Os avós ficavam as férias todas com eles. Os tios e primos geralmente não podiam permanecer a temporada toda e, por esse motivo, uns ainda demoravam quinze dias para chegar, outros uma semana e outros apenas iam para a festa da folia. Como não tinha irmãos, as primas preferidas sempre continuavam com ela. Olga nunca estava sozinha. Aquele ano não foi diferente. Nice e Fernanda estavam na casa e testemunharam os primeiros momentos do grande amor da prima.

Naquela tarde, seguida de uma manhã na praia, as três primas orgulhosas do bronzeado conquistado nos primeiros dias das férias foram à matinê em um barzinho, onde o dono improvisou um anexo e o transformou em uma discoteca. Era o "point" da galera jovem. Ao som de Rita Lee, as três se esbaldavam na pista, aproveitando a energia que transcendia, já que muitas vezes o que importava era viver. Viver o hoje, sonhar com o amanhã... E o impossível é utópico. Para quem tem sangue novo nas veias, tudo é possível. O desejo pela mudança está enraizado no caminho para a fase adulta. Na adolescência, na juventude, quase sempre o mundo é azul.

Olga ainda não havia percebido, mas ele olhava para ela intensamente. Como se pressentisse, disse às primas que iria sentar-se um pouco. Enquanto saía da pista e caminhava para um dos sofás de alvenaria distribuídos por toda a danceteria, viu-o de pé encostado em uma pilastra próxima e com os olhos fixos nela. Nem mesmo a pouca luz do lugar a impediu de perceber o interesse do jovem. A atração foi tão marcante que ela abaixou o rosto imediatamente e seguiu até a mesa. Revelou, então, a timidez de uma adolescente, pertinente não aos dezessete anos que tinha, tal reação seria mais comum em uma garota de treze anos. O constrangimento aflorou tanto que o rosto queimava. Já sentada, disfarçou, olhou para os lados e não o viu mais. No entanto, tinha certeza de que ele iria ao seu encontro e seria rápido. Não precisaria esperar muito. Contemplou a pista de dança numa busca pelas primas, mas não as achou. Também, Rita Lee era motivo de pista cheia e, com certeza, o discotecário era um fã da roqueira.

A premonição era tão forte que gerou em Olga um nervosismo inexplicável, já que a única evidência, além daquele sentimento, era o magnetismo de um rosto, mesmo assim em meio à penumbra. As mãos suavam... E não demorou a se confirmar o pressentimento. O refrigerante pedido chegou ao mesmo tempo em que se aproximou dela o dono dos olhos verdes mais maravilhosos que tinha visto na vida. Tão logo agradeceu ao garçom, ele pediu permissão para sentar-se ao seu lado.

— Oi. Meu nome é Marco — foi falando mansamente sem tirar os olhos dela. — Sou de São Paulo. E você?

— Sou de Minas.

— As mineiras são especiais. — Fez uma pequena pausa e continuou agora enfaticamente: — Vocês são sérias além da conta. Estou certo disso?

— Não sei. Mas sei que os paulistas se acham — ele gargalhou com gosto da "tirada" dela.

— Acabo de descobrir outra característica das mineiras. São sérias, porém divertidas.

Ela riu tímida. Com a proximidade, o cheiro de loção pós-barba subiu-lhe nas narinas de forma escandalosa. Um cheiro no ponto certo, sem o mau gosto de homens que se lambuzam de perfume. Naquele instante, apaixonou-se.

Ao som de Rita Lee, aconteceu o primeiro beijo. Ele não pediu. Não insinuou ao menos, apesar disso, não se pode dizer que foi um beijo roubado. Marco enfrentou encantado aquele rosto belíssimo, tocou os cabelos, depois passou os dedos vagarosamente sobre os lábios de Olga, como se fizesse um desenho imaginário, numa atitude que levava a pensar que não queria esquecer aquelas linhas. Atônita, ela ficou inerte. Era um momento mágico em que se viu hipnotizada ao receber o beijo devastador: longo e alucinante. Então, afastaram-se um pouco, olharam-se e, novamente, outro beijo. Queriam devorar-se. Uma coisa louca, um sentimento de posse de lábios. Era tão potente como se um imã atraísse um para o outro. Foram muitos beijos demorados... Um após outro... Nada de palavras... Os beijos dialogavam... E a rainha do rock continuava a todo vapor com: *Me enche de amor, de amor...* A contragosto, Marco se afastou daquela boca.

— O atrevimento foi para confirmar a sua opinião sobre nós, paulistas. Quando queremos algo, arrebatamos — desta vez, foi ela quem caiu na risada.

— Você é ótimo! — gracejou. Não vai perguntar meu nome, Marco? — questionou, soltando-se um pouco dos braços que a apertavam.

— Olga. Lindo como você.

Ela levantou o olhar surpresa, em seguida, riu com gosto e disse:

— Você é um Don Juan. Estou perdida!

— Nada disso! Apenas antes de vir aqui me apresentei às suas primas. — E acrescentou: — Não quis me aproximar de qualquer maneira. Queria saber se você tinha alguém. Algo me diz que você é especial.

Naquele fim de tarde, ambos conversaram muito. Era como se não quisessem ter segredos entre si. Um primeiro encontro perfeito. Soube que ele era estudante de medicina e tinha duas irmãs. O pai era médico e ele não tinha mãe, e sim uma madrasta. Ela lhe contou sobre a paixão pelos livros e que isso era um dos motivos de ter escolhido cursar Letras. Começaria a vida acadêmica no ano seguinte.

Entre um papo e outro, buscou guardar na memória cada detalhe daquele rosto, embora jovem, o semblante era forte, o que sugeria mais idade, porém, o dono daquela pele branca, daqueles cabelos castanhos claros e daqueles olhos verdes inesquecíveis tinha apenas vinte e um anos. Os quase um metro e oitenta aliados aos ombros largos faziam o seu abraço ser fonte de conforto e Olga procurou aproveitar cada minuto daquela delícia, que era estar envolvida por braços protetores.

Uma pena que o relógio não para em noites encantadas. Sem escapatória, o jeito foi respirar fundo, soltar aquele abraço e encarar a realidade com a chegada das primas.

— Hora de ir para casa, prima, ou você quer que o tio Cláudio nos surpreenda? — falou Nice, aproximando-se da mesa.

— Marco, se passarmos das onze da noite, nosso tio vem ao nosso encalço. Acho que ele pensa que temos catorze anos — explicou Fernanda, gracejando.

— Tudo bem, meninas. Vou com vocês. Assim fico conhecendo o caminho para a casa da minha namorada. — Dizendo isso, levantou-se de mãos dadas com Olga e saíram da discoteca. Ela agradeceu a pouca luz do ambiente, pois ficou vermelha como um pimentão ao ouvir dele "minha namorada". Do lado de fora, ela soltou as mãos de Marco. As primas conduziram a conversa até a casa. Olga não tirava da cabeça o "minha namorada".

Mesmo sendo tarde, as ruas estavam movimentadas na pequena cidade litorânea, por causa da presença dos milhares de turistas. A casa do pai de Olga localizava-se no centro. Como a família reunia-se sempre ali e não somente na alta temporada de verão, o pai e a mãe decidiram por uma residência central, onde havia predominância de moradores locais, como vizinhança, e não apenas turistas em casas de veraneio, que ficavam inabitadas em boa parte do ano. Fato comum nas moradias localizadas mais próximas ao mar. Na esquina de casa, Olga parou e despediu-se dele.

— Marco, obrigada pela noite. Chegamos — apontou para a casa próxima dali e acrescentou baixinho para que as primas não ouvissem: — foi uma noite linda. Amei cada minuto.

O beijo de despedida foi tão intenso quanto o primeiro beijo. Segurando a cabeça dela com as duas mãos, ele perguntou:

— Vamos nos ver amanhã de manhã na praia?

Ela acenou afirmativamente com a cabeça. Para saírem dali, foi preciso Nice e Fernanda quebrarem o clima de paixão que pairava no ar, primeiro dizendo adeus ao rapaz e, depois, puxando Olga pelo braço. As primas estavam eufóricas e não paravam de comentar que Marco era lindo demais. O coração de Olga estava disparado. Havia uma alegria interna que somente ela sabia.

Naquela noite mágica, a garota não dormiu. A janela do quarto era enorme e ela fez questão de deixá-la aberta. Não permitiria que a madeira em tom escuro tirasse de seus olhos a visão daquele céu maravilhoso. Havia tanta estrela que o sentimento dela era que Deus as tinha colocado ali para brindar sua alegria. Ficou a madrugada inteira contemplando aquele espetáculo. O sono não vinha, nem queria que viesse. Era muito contentamento que dava vontade de dançar.

Queria gritar que estava amando, queria rir alto... Em algum lugar, em outro ponto da cidade, o namorado também admirava aquele céu e se lembrava dela. Olga tinha convicção disso da mesma forma que pressentira a aproximação de Marco na tarde anterior na discoteca. Sabia que naquele momento já tinha saudades dos beijos dela.

Na cama beliche, as primas dormiam serenas. Antes de pegarem no sono, riram e debateram sobre quem era o rapaz mais gato, o mais charmoso da praia naquele ano... A eleição foi disputadíssima, no entanto, o Marco da Olga, como diziam, ganhou nota dez em todos os quesitos. Além de endinheirado, era o mais bonito, o mais charmoso, o mais sedutor e o dono dos olhos verdes mais apaixonantes.

Elas também estavam fascinadas com os rapazes que conheceram, entretanto, nada era novidade, pois, as duas, extrovertidas ao extremo, já tinham tido vários namorados. Diferentemente de Olga, que até aquela fase da sua vida tivera poucos relacionamentos, curtos e rasos. Não era de todo introvertida, contudo, muito insegura e ainda dona de uma beleza clássica que, aliada ao dinheiro dos pais, afastava os rapazes. Para eles, Olga era: "muita areia para o caminhãozinho".

Quando fechou os olhos, o sol nascia. Olga dormiu com uma certeza de que se vivesse uma eternidade sempre se lembraria daquele dia, daquela noite, pois tinha sido a mais doce e terna de todas as suas paqueras. Um sonho de verão que estava apenas começando. Adormecida, via-se uma linda moça na flor da idade com um sorriso nos lábios sonhando com um mundo dourado, que se descortinava com a chegada do primeiro amor.

As primas pularam cedo da cama, mas ela não quis descer para o café. Extasiada, assim se definia naquela manhã. Olga ficou ali se sentindo abraçada pelos lençóis e recordando cada detalhe da noite passada, como se tivesse medo de levantar-se e a memória se esvaecer como fumaça, roubando algum pormenor que gostaria de guardar para sempre. Então, rememorou cada palavra, cada olhar, cada toque, cada beijo...

Não via a hora de vê-lo novamente para saber se ele era real e se aquele olhar verde-mar tinha mesmo aquele tom esmagador ou, como diziam as primas, se era tão apaixonante mesmo. Quem sabe não era fruto da imaginação de um grupo de adolescentes tolas.

— Levanta, prima. Vamos perder o melhor do sol — gritou Nice da parte de baixo da casa onde havia sala, copa, cozinha, além de dois quartos para os avós, sem contar a área aberta e enorme com salão de festas e ducha. No segundo andar do solar dos Araújos, como a moradia era conhecida, outros quatro quartos. Dois para casais e dois para jovens. Uma casa de praia funcional.

— Estou indo, Nice — mesmo querendo ficar ali curtindo preguiça e pensando em Marco, Olga levantou-se e, em instantes, diante do espelho, admirava o corpo jovem num biquíni azul-marinho com bolinhas brancas e detalhes em vermelho. Vestiu um vestido leve de popelina vermelha e um tamanco sem saltos. Antes do batom, notou que os olhos azuis tinham um brilho diferente e parecia-lhe que sorriam... Rindo, disse baixinho para si mesma: "Meus olhos têm a brilho da felicidade do amor". Achando graça do pensamento, prosseguiu murmurando, enquanto penteava os cabelos: "Olga, você é ridícula!". A prima gritou novamente e ela fez uma trança e desceu para tomar o café da manhã.

À mesa do café, muita gente falando ao mesmo tempo. Uns definiam o cardápio do almoço, outros discutiam sobre qual a melhor praia para aquele dia. Ela pensava nele. O coração disparava só de pensar que em poucas horas estaria ao lado de Marco de novo. Os pensamentos se repetiam: "Será que era lindo como se lembrava? Será que os olhos dele eram verdes mesmo?". Perguntas bobas pipocavam dentro da mente ansiosa de Olga. E, o pior, nem podia conversar com as primas por causa dos avós, dos pais, dos tios, dos primos. A casa estava lotada por causa do Ano-Novo. Faltavam dois dias para a chegada de 1984.

Eram dez da manhã e as três saíram para o ponto mais popular da praia, onde se concentravam os jovens. Em Alcobaça, o pai e a mãe não tinham muitas restrições, principalmente durante o dia.

— Desde ontem, você está calada, prima — comentou Fernanda.

— Também estou achando você introspectiva. Está acontecendo algo? — completou Nice.

— Vocês não vão acreditar. Fui dormir de manhã. Parece que estou vivendo um sonho. Não consigo parar de pensar um minuto no Marco.

— Também, um homem lindo daquele e ainda fazendo medicina — constatou Fernanda sonhadora.

Na praia, fizeram travesseiros de areia e jogaram as toalhas gigantes no chão. Nice queria ir para o meio da galera conhecida. Olga e Fernanda discordaram, e as três ficaram ali deitadas curtindo o sol. Não demorou muito e Olga sentiu pingos de água caindo sobre ela. Por instinto, sentou-se rapidamente e, então, o viu, ali de pé, molhado de banho de mar. O cabelo num corte estilo "Romeu", partido ao meio, dava um ar romântico, medieval, na verdade, lembrava um "Beatle". Os ombros largos, agora sem camisa, demonstravam a masculinidade presente. A pele branca dava sinais de um novo tom brindado pelo sol. "Ele era de verdade! Oh! Deus!"

— Desculpe. Molhei você. Posso sentar aqui do seu lado? — As primas despistadamente se levantaram e informaram que iriam para o mar.

Olga afastou-se um pouco para ele se sentar numa parte da toalha.

— Não quero molhar sua toalha. Estou bem na areia. — Olga contestou, mas ele, educadamente, foi irredutível.

Ele era mais lindo do que se lembrava. Na intensidade do sol, diante daquele mar, os olhos dele pareciam duas esmeraldas de tão verdes. Seguindo os mesmos pensamentos de Olga, ele exclamou com admiração:

— Você é mais linda do que eu me lembrava.

— Obrigada — disse baixando o olhar sem graça.

— Não parei de pensar em você um só minuto — o coração disparou ao deduzir uma química de almas entre eles. O mesmo tinha acontecido com Marco. Bem que pressentira.

— Será que é isso que chamam de amor à primeira vista? — Puxou o rosto dela para perto do dele e fez nova pergunta: — Você pensou em mim?

— O tempo todo — respondeu e novamente baixou o olhar, manifestando timidez.

Não podendo resistir, ele pegou no queixo dela, ergueu seu rosto e a beijou ali na praia. Um beijo apaixonado. Havia muitas famílias por perto. Crianças por toda parte. A praia era estritamente familiar, qualquer coisa, gerava reclamação. Olga conhecia bem os costumes do local e sabia que um simples beijo poderia escandalizar e gerar até tumulto. "Um saco! Afinal, estavam nos anos de 1980, e o que era um beijo?" Retrucou em pensamentos ao interromper o carinho.

— Não podemos nos beijar dessa forma aqui — retrucou Olga vermelha.

— Eu sei e lamento — disse mansamente.

— Deixa as minhas primas voltarem do mar e a gente sai para dar uma caminhada.

Tão logo as primas regressaram, Olga pôs o vestido por cima do biquíni e os dois foram caminhar à beira-mar.

— Que pena perder a visão do seu corpo — resmungou, dando um beijo de leve no pescoço dela.

As palavras quentes fizeram-na rir e, novamente, ela ficou vermelha. O toque dos lábios no pescoço provocou-lhe um arrepio gostoso. Ela não sabia, mas Marco estava amando aquele jeito doce dela de corar a cada elogio.

Num ponto pouco movimentado da praia, na verdade paradisíaco, Marco deu as mãos para ela. O lugar tinha uma vista maravilhosa. Coqueiros por toda a parte denunciavam que aquela terra pertencia à Bahia. A paisagem tão comum para Olga, ao lado dele ganhou outro brilho: uma beleza cristalina. Era como se, de repente, ganhasse novas cores.

Rodeados de pouquíssimas pessoas, somente curtindo o barulho do mar, ambos estavam felizes. Para Olga, as ondas cantavam a cada quebra na beira da praia. Uma paz, longe do burburinho dos axés baianos e das baladas de sucesso do rock nacional e internacional. Em Alcobaça, o repertório variava de acordo com a barraca ou barzinho escolhido pelo veranista.

Bem próximos, sentaram-se na areia e, de mãos dadas, Marco disse num sussurro:

— Vontade de beijar você, Olga. — Pegando no rosto dela, ponderou sério: — E o problema é que fico sem forças para parar.

— E quem disse que eu quero que você pare?

Os beijos começaram doces, com pequenas mordidas nos lábios de Olga. Imediatamente, foram ganhando um caráter de violência que ela amou. Era magia pura! O abraço era diferenciado, como se quisesse colar o corpo ao dela. As mãos famintas, desassossegadas, denunciavam que se segurava para não ir além com as carícias. Olga achou lindo isso. Estava deslumbrada. Nunca vivera algo tão radiante. Por esse motivo, agindo com prudência, esboçou suavemente o desejo de retornar para perto das primas.

— Acho que é hora de irmos.

Os dois levantaram-se ao mesmo tempo e Marco ainda a beijou mais uma vez, com o coração ardendo por mais dela; e assim de frente um para o outro, ele se declarou apaixonado.

— Amo a cor dos seus olhos. É de um azul-escuro maravilhoso. Acho que nunca vi olhos nesse tom.

— Obrigada! Dizem que herdei essa cor do meu bisavô paterno, já falecido.

Olga pegou nas mãos dele e ambos começaram a caminhada de volta. Marco a animou ao revelar que continuaria em Alcobaça até o fim de janeiro e que havia a possibilidade de regressar no Carnaval. Antes da festa popular, tinha o início das aulas na faculdade, e ele não poderia perder de jeito nenhum.

— Você vai passar o Ano-Novo em algum lugar especial? — perguntou ela.

— Minha madrasta faz uma festa na virada. Quer passar comigo?

— Não posso. Lá em casa também tem Réveillon e a minha mãe é chata. Gosta de todo mundo junto.

passou a pegar no cabelo da jovem, que ficou sem reação. O pior é que Marco tinha chegado e assistia à cena com ira. Sem graça e sem saber como sair daquela investida, ela virou o rosto como se procurasse alguém, foi quando o viu parado, sério, vidrado nela. Olga ficou sem ar, pois deduziu o que ele pensava. Alheio a tudo, André persistiu com as investidas.

— Quero namorar você desde o verão passado.

— Estou namorando, André — respondeu sem preâmbulos.

— Alguém de Minas?

— Não. Daqui a pouco, ele estará aqui — falou, demonstrando chateação, pois já não estava tão certa do que dizia. Uma insegurança súbita apoderou-se dela, tendo em vista que os minutos passavam e Marco não se aproximava. André ainda manteve a conversa por uns dez a quinze minutos e, a seguir, voltou a sua atenção para outras pessoas que estavam na roda. Além de Olga e André, estavam ali as amizades coloridas da Fernanda e da Nice: Rodrigo e Eduardo.

— O que estará acontecendo com o Marco? Por que será que ainda não apareceu? — Fernanda perguntou baixinho para a prima. Olga deu de ombros, como se não desse a mínima importância para o fato. Por dentro, estava arrasada. O lugar estava repleto de jovens dispersos em grupos e, por esse motivo, a prima não tinha percebido que ele já estava ali e apenas não se aproximara delas. Agoniada para sair da visão de Marco, Olga sugeriu a todos numa falsa alegria:

— Vamos entrar para a discoteca? Quero dançar!

Para um lugar simples, a decoração estava belíssima: toda em prata. As mesas que em dias normais ficavam limpas, sem nada, ganharam toalhas, champanhe e flores vermelhas. Escolheram uma mesa mais afastada da pista de dança e sentaram-se. André, ao lado de Olga, que não aparentava, mas estava desesperada. Não entendia! "Por que Marco estava fazendo isso? Partiu dele o pedido para namorar e as altas declarações. Ela deixou a família para estar com ele naquela noite." A vontade de chorar foi tão grande que, não suportando mais, pediu licença e foi para o banheiro.

Do lado de fora da discoteca, Olga olhou para o relógio. Eram onze e quinze. Ela pensou: "Ele não vai me procurar!". Enquanto caminhava para o banheiro, o viu conversando com duas meninas. Estarrecida, apressou o passo para que ele não a visse.

Encostada na parede do banheiro chorou copiosamente. A menina com quem Marco conversava era a mesma que no dia anterior, na praia, tinha se aproximado e descaradamente dado em cima dele, isso na presença dela. Inclusive, para afrontar Olga, o havia chamado de "Marquinho". Então, era óbvio, ele decidira passar o Réveillon com a garota.

O seu sexto sentido tinha sido fiel, pois tinha desconfiado de algo entre os dois e chegou a perguntar para Marco quem era a moça. Sem aparentar nenhum comprometimento, ele explicou que não se tratava de ninguém importante. Uma amiga que conhecia de verões passados e, por coincidência era paulistana também.

Olhando no espelho, Olga limpou os olhos com um pedaço de papel e retocou o batom. Não dava para ficar ali escondida chorando como uma boba a noite inteira, se bem que é o que almejava. Caso pudesse escolher, permaneceria ali até o pai chegar, todavia, a atitude seria no mínimo infantil.

De volta à mesa, Nice disse que Marco procurava por ela e estava lá fora. Não comentou nada, fingiu que prestava atenção aos jovens que dançavam. A mente fervilhava: "Que fique lá fora se divertindo com as amiguinhas". Faltava pouco para a meia-noite e a trilha sonora da discoteca mudou para uma série de músicas românticas.

— André, vamos dançar?

— Você não pede. Você manda, gata! — animado, pegou a jovem pelo braço e saíram rumo à pista. Dançaram duas músicas e Olga quis retornar para a mesa. No íntimo, um pensamento extremista de derrota: "Que vontade de morrer!".

— Marco foi atrás de você na pista de dança — informou Nice, bem próximo ao ouvido dela. Tão logo se sentou, André saiu para comprar refrigerante.

— Vocês estão brigados?

— Parece que sim e nem sei o motivo. Não adianta perguntar. Acho que o que nem começou, acabou.

— Acho que não. Aí vem ele — anunciou Nice, apontando para a direção de onde Marco vinha e já se virando para o namoradinho. Olga estava com tanta raiva que nem quis olhar. "Quem ele pensava que era!"

Marco chegou à mesa no exato instante em que André entregava o refrigerante para ela. Com a voz mansa e num teatro proposital, sabendo que ele ouviria, agradeceu ao amigo. Sem meias palavras, Marco disse agressivamente:

— Entrega o refrigerante para ele e vamos sair daqui.

A fala foi tão ameaçadora que Olga teve medo de um escândalo; obedeceu-o sem questionar. O lugar lotado não permitia que saíssem um do lado do outro, e ela foi empurrada por ele sem nenhuma delicadeza. Assim seguiram até alcançarem uma mesa ainda mais longe da pista.

— Senta — exigiu.

— O que está acontecendo? — inquiriu nervosa.

— Eu é que pergunto. Você me trocou por aquele cara? Cheguei e você em altos papos com ele. O panaca pegando em suas mãos e no seu cabelo, como se fosse seu dono e você não fez nada. Eu vi. Não me aproximei para não bater na cara dele e na sua.

Ela arregalou os olhos com a violência contida nas palavras de Marco, mas não se intimidou.

— Você está me esnobando desde que chegou. Acha que eu não o vi com aquela tal de Lena? Não sou idiota e não acho que a minha conversa com André é motivo para você dar esse show. O que aconteceu? A sua lourinha te deu o fora antes da meia-noite?

Marco a interrompeu colando a boca na dela. No começo, com brutalidade, porém, pouco a pouco, foi se acalmando e se deliciando com os lábios de Olga. Nem pensou em recusar aquela boca da qual estava se tornando dependente e foi se entregando. O coração batia feliz, mesmo com toda aquela confusão.

— Quase morri quando cheguei e vi aquele idiota pegando em suas mãos e tocando nos seus cabelos. Queria ver você brigar com ele, apesar disso, você conversava como se fosse o seu namorado.

Marco falava, dava beijinhos por todo o rosto e apertava as mãos de Olga como se quisesse apagar o toque de André.

— Fiquei louco, Olga.

Ela começou a chorar e o abraçou.

— Não chore minha linda!

— Eu achei que você tinha me trocado pela Lena. Eu vi vocês lá fora.

— Eu não estava sozinho com ela. Você viu isso, né?

— Sim. Eu só me lembrava dela te chamando de "Marquinho". Fui chorar no banheiro, depois voltei e fui dançar com o André.

— E eu fiquei aqui fora me acalmando e me decidindo se ia ao seu encontro. Tive medo de entrar, fiquei imaginando que você estava aos beijos com ele.

— O André achou que eu não tinha namorado. Quando expliquei que tinha alguém, ficou tranquilo. Estava na mesa como amigo.

— No momento em que decidi te procurar nem que fosse só para conversar, a sua prima me disse que você tinha saído. Fiquei mais calmo, porque vi o André na mesa. Saí à sua procura e não te achei. Voltei e você já tinha ido para a pista de dança.

— Desencontros... Uma pena! Perdemos o início da noite por ciúmes meu e seu.

A contagem regressiva pôs fim à conversa e, num impulso festivo, os dois se levantaram para brindar a chegada de 1984. Olga e Marco entraram o ano aos beijos.

— Feliz Ano-Novo, minha bela Olga.

— Feliz Ano-Novo, meu amor.

Ambos se dirigiram para a mesa das primas e curtiram muito um ao outro. Dançaram ao som das marchinhas de Carnaval, da música baiana, além de sucessos do rock nacional e internacional.

Com o pai, as três voltaram alegres para casa na primeira madrugada do ano e, entre si, comentavam que aquele verão iria mesmo ficar na história. Para Olga, o mês de janeiro de 1984 começava com a alegria das promessas do primeiro amor e o paraíso para a história dela e de Marco eternamente seria aquele cantinho do litoral brasileiro.

Sabendo que os dias juntos estavam contados, Marco e Olga viveram intensamente cada momento. No final do mês, ele se foi, prometendo regressar no Carnaval.

De volta, Olga o apresentou para os pais. Marco foi aprovado quase que imediatamente. A mãe ficou encantada! O pai também se agradou dele e o achou bem "cabeça-feita" como comentou com os parentes mais tarde.

Os quatro dias do feriado de Carnaval voaram e, antes mesmo de terminarem, Olga se pegou entristecida porque sabia que não seria possível se verem tão cedo. As cartas e os telefonemas precisariam suprir toda a angústia da separação. No último dia, ambos se despediriam na matinê de Carnaval.

Eram duas da tarde quando a folia começou. Dançaram e se beijaram ao som do axé baiano. Totalmente inebriados de amor, eles não sentiam a presença dos milhares de foliões que se aglomeravam no espaço reservado pela prefeitura de Alcobaça. Numa urgência uníssona de corpos, deram as mãos e foram em direção à praia, buscando um pouco do silêncio que os amantes precisam ter. Nenhum dos dois disse nada. Marco ansiava ficar a sós com ela. Olga também queria muito ficar a sós com ele.

No cantinho paradisíaco, Marco deitou-a na areia e beijou-a vagarosamente. Não havia nada mais macio que a pele daquela mulher. Ele fazia amor com ela pelo olhar e pelo sentir, tal era a paixão que exalava em momentos como aquele. Emoções indescritíveis. E Olga se maravilhava com o toque das mãos dele.

— Você é linda e é minha. Parece um sonho! — murmurava. Não havia nada nela que não gostava. O jeito doce de enrubescer, o tom de voz firme sem perder a mansidão e o corpo de mulher embora ainda uma moça...

— Quero você, Marco. Não vai embora. Não sei se consigo viver sem você!

— Eu vou, mas eu volto para te buscar. Você será para sempre o meu amor — dizendo isso, outro beijo e, sem demora, ele desceu os lábios para o pescoço e colo da namorada. Trêmula, Olga curtiu a oportunidade como se saboreasse um manjar dos deuses; aspirava mais, entretanto, lembrou-se dos pais e extraiu forças de onde não tinha para tirá-lo de cima dela. Com meiguice, beijou o rosto do amado. Marco sentiu o gosto das lágrimas que esguichavam dos olhos azuis e se despertou para a hora do adeus.

— Não podemos mais ficar aqui. Vamos voltar — sentenciou ela em voz baixa.

Marco não disse nada. Depois de se levantar, ajudou Olga, que segurava o choro se distraindo, tentando tirar a areia do conjunto de short e miniblusa. Ele ficou ali, admirando cada gesto, buscando guardar cada detalhe daquele rosto borrado de lágrimas, daquele corpo... E aquele cheiro. Cheiro de Olga.

Insatisfeitos, retornaram para junto dos amigos. Fernanda e Nice também estavam melancólicas e chorosas. Namoro de verão tem dessas coisas, por mais linda que fosse a história, por mais química que tivesse o casal, havia um prazo de validade e só o tempo poderia escrever o final feliz, caso houvesse um final feliz. A despedida foi com lamento e muitas lágrimas...

— Olga, não posso definir uma data. O curso de medicina é muito difícil e a gente mora muito longe um do outro. O que sei é que na primeira oportunidade vou te ver.

— Eu entendo, Marco. Não estou te cobrando nada.

— Eu sei, meu amor. Eu estou me cobrando. Seria maravilhoso se morássemos mais próximos. A distância do seu rosto vai acabar comigo.

Debaixo de muitas promessas, Marco se foi. Olga chorou tanto que os olhos ficaram inchados. Os pais a deixaram o mais livre que puderam para viver aquele namoro e, naquele momento, também se afastaram para que pudesse habituar-se à dor de uma despedida. Não falaram nada, mantendo neutralidade. Nem condenação. Nem incentivo.

Seu Cláudio e dona Anita entendiam que essa era a maneira correta de ajudar a filha. Como a distância era grande, dificilmente os dois se veriam novamente e tão certo como o sol iria se pôr naquele fim de dia, as muitas juras de amor seriam quebradas num tempo recorde.

Adulto é assim... Até acredita no amor, contudo, há frieza. A existência e as muitas experiências têm o poder de transformar o coração em terra pisada. A razão sobrepõe à emoção. Quem cresceu na idade é calculista, sabe que o tempo aliado à separação, na maioria das vezes, tem poder de matar, portanto, com a maturidade perde-se a ingenuidade, perde-se o gozo da festa da vivência... Fica normal descrer no luto do amor: um amor se cura com outro amor. De tal modo acredita-se... E talvez, por isso, o poeta em suas reminiscências cantou que era feliz e não sabia.

O NAMORO

O amor é paciente

A FASE DE NAMORO FOI COMPLICADA para Olga. A alegria dela estava condicionada aos telefonemas e às cartas de Marco. Toda semana ele ligava e entre o casal existia uma lealdade derradeira na troca de correspondência. Os pais, que nunca apostariam na fidelidade de um amor platônico, tiveram de se render a uma única verdade. O relacionamento era mais sério do que se pensava a princípio e seu Cláudio e dona Anita já não estavam tão convictos de que aquele amor era apenas um caso de verão. Outras estações viriam por aí.

As férias de inverno chegaram e Marco não pôde ir vê-la. Olga ficou inconsolável e os pais, que sempre a tratavam como uma princesa, faziam de tudo para alegrar o coração da filha. De nada adiantava, a jovem vivia debaixo de um desânimo gritante. Com exceção da faculdade, dificilmente saía para se divertir. Ás vezes ia ao cinema com as primas ou a uma festinha da família. No mais, a vida se resumia aos estudos e à leitura de livros, engolia romances.

Olga venceu o inverno, venceu a primavera e, por fim, agora sem pranto. Com o passar dos meses, a espera transformou-se numa saudade gostosa de ter. O coração cauterizou-se e, quando as altas temperaturas anunciaram que o verão estava às portas, o sorriso sincero voltou ao rosto da moça. Ainda faltavam semanas para a viagem e ela já preparava as malas.

— Primas, agora é contar os dias e as horas — disse eufórica.

— Já comprei o meu biquíni. Neste verão vou à caça de um "Marco" pra mim — falou Nanda.

— Pois eu estou desanimada. Não queria ir e deixar o Beto.

— Nice, se papai deixar, será que o Beto vai com a gente? — perguntou Olga, ajeitando as últimas peças na mala. — Se ele topar, eu peço para o papai.

— Olga, tudo o que você quer, seu pai faz — declarou Nanda. — Ah, se meu pai me bajulasse também!

— Vou ver com ele se pode ter uma folga. Pode ser que vá pelo menos para o Ano-Novo e Carnaval. Quem sabe! — ponderou Nice, explicando, em seguida, que não era época das férias do namorado.

Ela, o pai e as primas foram buscá-lo na rodoviária. Quando o ônibus se aproximava da plataforma, as lágrimas rolavam copiosas. Acompanhou o namorado descer do ônibus e buscava na memória de um ano atrás, o mesmo Marco. No entanto, parecia mais velho, mais magro. O pai a abraçava, o que ajudou um pouco a conter sua vontade de correr para os braços do seu grande amor. Estava vidrada nele, nem piscava de tanta emoção. Observou as bolsas sendo entregues pelo motorista do ônibus. Só então, Marco passeou os olhos pelo lugar em busca dela.

Ao vê-la, o rapaz não se dominou, jogou as bolsas para o lado e correu ao encontro de Olga que, instintivamente, fez o mesmo. Soltou-se do pai e o alcançou num abraço poderoso que demorou longos minutos. Olga queria grudar nele. Em Marco, o sentimento era semelhante. A vontade de sentir novamente aquele cheiro gostoso, que somente ela possuía, era tão grande que se pudesse ficaria ali preso naqueles braços até dar cãibras nas pernas. Não tinha vontade de se mexer. Desceu do ônibus sem procurar por ela, pois sabia que no instante em que a visse sairia correndo como um doido. Um desequilibrado apaixonado por aquela mulher era o que era.

Quem presenciou o reencontro de Marco e Olga se comoveu. A cena foi tão emocionante que o menos romântico que descia do ônibus, ou dos transeuntes que estavam por ali, parou para assistir o desenrolar do acontecimento. Olga despertou daquele momento sublime ao ouvir o comentário de uma senhora.

— Isso é amor para mais de metro.

— Chorei — disse uma mocinha de uns quinze anos que observava o reencontro apaixonado. — Ele estava no ônibus com a gente. Reparei que estava ansioso. E quem não repara numa maravilha dessas? Inveja dessa moça, viu? Ele é gato demais!

Sussurrando no ouvido dela, Marco comentou:

— Estamos chamando atenção.

Olga riu e, de mãos dadas, caminharam para perto do pai e das primas. Nice e Fernanda, com os olhos molhados, abraçaram o rapaz agora com carinho de primo. Seu Cláudio, que já estava com as bolsas de Marco, deixou a polidez de lado e o cumprimentou com um abraço. Diante da cena, seu coração confirmou o que não queria aceitar. Tinha perdido a filha. Era questão de tempo, Marco levar a menina dele para aquela selva de pedra, chamada São Paulo. A separação só fortaleceu o amor dos dois.

Marco ficou na casa de Olga. A família dele escolhera outra cidade de veraneio naquele ano. Uma implicância da madrasta, pois sabia que o enteado estava namorando uma menina de Minas, desde o ano anterior. Como o pai também não apoiava o namoro e ansiava que o filho focasse nos estudos, fez a vontade da mulher. Tinha sido voto vencido. Marco só pôde estar ali, uma vez que tinha economizado ao máximo o dinheiro da mesada dada pelo pai, inclusive nas férias de julho trabalhou num restaurante de um amigo da família, além de ter feito tarefas acadêmicas para colegas na faculdade. O pai tinha sido duro quanto àquela viagem.

— Não quero você envolvido com nenhuma sirigaita e não vou patrocinar nada. Você precisa cuidar de sua vida profissional antes de se enrabichar por alguém.

Marco ficou em silêncio com a repreensão. Não havia o que contestar. A linha de pensamento era correta para quem assiste a tudo de longe. Entretanto, a ligação com Olga se tornara mais forte que qualquer boa regra ditada pela sociedade. Não conseguia conceber a vida sem aquela mulher. Os meses separados revelaram o quanto ela era importante. Nenhuma garota o atraía, e se alguma passava por ele com o cheiro do perfume de Olga, ele ficava endoidecido. Saía de perto numa rapidez que assustava quem estava presente. A fragrância, uma mistura de rosa, jasmim e lírio-do-vale, assinava a postura clássica e fina de Olga e o fazia sofrer pela distância que havia entre eles. Na faculdade, estava ganhando fama por causa de jovens inconformadas. Elas atacavam a masculinidade dele, já que rechaçava todas que se aproximavam. Não que fosse mal-educado; só era frio ao extremo.

Ele tinha convicção de que ambos eram almas gêmeas e com a formatura em dois anos, iria pedi-la em casamento. A decisão era irrevogável e, em seu íntimo, tinha sido tomada quando as aulas se findaram naquele fim de semestre. Não iria criar polêmica por agora. Optara pelo silêncio diante da família.

Todavia, no primeiro dia em férias na casa de praia dos pais dela, confidenciou à namorada os planos para o futuro. Após a formatura, tão logo estivesse empregado, os dois iriam se casar. Por amor à Olga, não daria continuidade aos estudos. O sonho de ser um neurocirurgião seria adiado.

— Quando der, e se der, eu faço residência médica.

— Não vai se arrepender? É a sua carreira em jogo — considerou Olga apreensiva.

— De jeito nenhum. Só vou ficar em paz quando tiver você na minha cama para sempre. E eu sou jovem, apenas vou adiar um pouco o sonho da neurocirurgia — afirmou categórico.

Marco foi abraçado pela família. Além dos pais, os avós, tios e primos, todos eram unânimes: Olga tinha conquistado um partidão. "Eu me sinto mais amado aqui do que na minha casa", balbuciou no ouvido dela ao saírem para curtir o primeiro dia de praia daquelas férias. Olga se sentia no céu: tê-lo ali nos cafés pela manhã, nos almoços, nos jantares era precioso demais...

Como era véspera de Natal, ninguém iria para a praia naquela manhã, com exceção deles e das primas que já tinham saído antes.

— A Fernanda quis sair cedo e perturbou a Nice para ir também. Está à caça de um Marco— disse Olga em meio a gargalhadas.

— Quem merece vocês, mulheres? São impossíveis!

— A Nice, você sabe, está mais do que comprometida. Apaixonada pelo Beto, um amigo de infância. Nem queria vir esse ano, mas não teve escolha com os meus tios. Não poderia passar Natal e Réveillon sozinha.

— Ele não pôde vir?

— Não agora. Virá na segunda quinzena de janeiro passar uma semana com a gente.

— Que bom que vou conhecê-lo. Que tal a gente mudar de assunto agora e falar da gente?

— Hum! Ótima ideia! E o que você quer falar?

— Na verdade, não quero falar. Quero ir para o nosso cantinho na praia e te namorar muito.

Nesse momento, ele parou a caminhada e a beijou. Deu-lhe pequenos beijos, seguidos de outros e mais outros, de tirarem o fôlego.

— O ruim de estar na sua casa é que quase nunca posso te beijar. Uma tortura para mim... Quem dera, se eu pudesse me casava com você hoje.

— Eu também. Não vejo a hora de me casar com você, meu amor.

Na praia, encontraram com as primas e com a turma de todos os anos. Conversaram, riram... Logo, os dois seguiram num passeio beira-mar rumo ao cantinho deles. Aquele lugar conhecia a paixão refreada... O desejo contido pela necessidade da espera... Os muitos sussurros... As conversas longas. Os projetos futuros...

Uma das facetas do amor é essa: é preciso paciência. Uma paciência que machuca a carne. Marco a fitava com intensidade e a tocava com tanto cuidado como se ela fosse de porcelana.

— Eu guardei cada palavra que falamos aqui, sabia?

— Marco, eu te amo tanto que tenho medo. Todas as vezes que você vai embora e os meses vão passando a sensação é de insegurança. Pensar que ainda falta tanto tempo para a gente ficar junto sem mais despedidas me desespera.

— Não vamos pensar nisso agora, né? Ainda temos um mês e meio somente pra nós. Vamos fazer um pacto de aproveitar cada minuto como se fosse o último. Tá bem?

Passaram horas deitados na areia da praia, um de frente para o outro: olho no olho. Ele contou dos dias difíceis na faculdade sendo motivo de chacota por recusar as belas universitárias e recebeu dela um beliscão por cometer o pecado de achar outra mulher bonita. Expôs as dificuldades com a madrasta e as meias-irmãs, o que continuamente resultavam em confrontos com o pai.

Olga teve que reconhecer que o seu ano tinha sido bem mais fácil e falou dos momentos solitários em meio à leitura dos romances, a alegria com a chegada das cartas dele e os telefonemas que nunca podiam ser longos, mas era um conforto ouvir a sua voz, mesmo que rápido.

A ceia de Natal foi tremenda. O pai fez uma oração linda, na qual agradeceu a presença de Marco como se fizesse parte da família. Na tradicional entrega de presentes, o jovem surpreendeu a namorada com um camafeu. Uma joia que herdara da mãe.

— Pedi para gravar o meu nome deixando claro que você tem dono — disse isso bem baixinho enquanto colocava o colar no pescoço dela.

— Desejava te dar algo clássico como você.

Os olhos azuis dela ficaram marejados. O choro preso na garganta silenciou as palavras de agradecimento. Em instantes, todo mundo estava ao redor dela para ver o presente.

— É uma maravilha! — exclamou Fernanda.

— Parece com você essa mulher esculpida na pedra, Olga — constatou Nice ao analisar a peça no pescoço da prima.

— Muito linda mesmo, filha — confirmou a mãe.

Como prometeram entre si, aproveitavam cada minuto daqueles dias. O Réveillon foi tão ou mais bacana que o Natal. Escolheram ficar em casa e passar ao lado da família. A madrugada foi chegando, todos já estavam em suas camas e os dois no sofá da sala abraçados se recusavam a uma separação mesmo que fosse momentânea. Só foram dormir quando Fernanda e Nice voltaram da festa da virada e o dia já amanhecia.

QUANDO ALGUÉM SE PERDE

O amor não se conduz inconvenientemente

A CHEGADA DE BETO NA SEGUNDA quinzena de janeiro trouxe mais agitação ao solar dos Araújos. Naquela manhã, estavam todos tomando sol na praia e Nice não sabia conter a alegria com a presença do namorado.

— Gente, tem luau em Guaratiba. Bem que a gente podia ir, né? — disse Fernanda. A moça ainda não tinha encontrado o Marco dela e voltara à sua amizade colorida com Rodrigo. O mesmo que tinha paquerado no ano anterior.

— Eu acho que papai empresta o carro — comentou Olga, que estava deitada na areia ao lado de Marco.

— É só a princesinha pedir — brincou Nice de mãos dadas com Beto.

— Então, a princesinha vai pedir — disse Olga, entrando na brincadeira.

À noite, as três estavam se arrumando no quarto numa euforia infantil. Nenhuma delas tinha ido a um luau antes. O pai de Olga chamou a filha em particular.

— Filha, Marco prometeu não beber, pois vai dirigir o carro. Com você, quero falar sobre esse tipo de festa. É uma festa regada a muita bebida, cigarros, danças... Tenha cuidado, não aceite nada de nenhum estranho. Fique de olho nas suas primas. Uma ajudando a outra.

— Papai, não se preocupe. Sei me cuidar. Este ano vou completar dezenove anos. Nice e Fernanda, vinte. Somos adultas, né? — Deu um beijo no pai e continuou: — Te amo! Não vamos fazer nada de errado. Sei que o senhor está preocupado com drogas. Fique tranquilo.

— Sei que você tem dinheiro. Aqui tem mais algum — disse, colocando o dinheiro nas mãos da filha. — Não deixe o Marco pagar nada pra você. Você sabe que ele é estudante dependente do pai.

Olga foi a primeira a descer do quarto. Marco a esperava na varanda da sala.

— Você está linda!

— Obrigada!

A jovem estava com os cabelos soltos e cacheados. O macaquinho florido tomara que caia realçava o tom de pele bronzeado e as belas pernas. Nos pés, chinelos em um tom forte de amarelo-ovo deixou o visual bem alegre para a noite.

Marco se embriagava no perfume dela e repetiu o que Olga já sabia:

— Na faculdade fujo desse cheiro. Longe de você, essa fragrância me deixa em desespero, mas ao seu lado é um afrodisíaco. — Ela gracejou se sentindo a mais feliz das mulheres. O momento foi interrompido com a chegada de Beto e das primas.

De Alcobaça à praia de Guaratiba, em Prado, gastaram uns vinte minutos de carro. Marco seguia tranquilamente com uma mão na direção e outra colada nas mãos dela. Na traseira do Voyage, Fernanda, animadíssima, tagarelava sem parar. A turma deles estaria toda lá, inclusive Rodrigo.

— Prima, essa sua amizade colorida parece que está virando namoro, hein? — indagou Nice.

— A gente gosta de ficar junto. Temos muito em comum, mas não acho que chega a tanto. Ele mora em Brasília, eu em Minas. Sem chance de dar certo. Namoro à distância só mesmo o da Olga e do Marco. Deus me livre!

Fernanda concluiu o assunto no momento em que Marco estacionava o carro.

— Eu vejo como a Olga sofre durante o ano. Não sai de casa. Arrancar ela do quarto para ir ver um filme no cinema é uma luta. Não quero isso pra mim.

Na parte da praia onde acontecia o luau, o som rolava solto. As moças, em sua maioria com roupas coloridas, acrescentavam mais alegria à festa. Alguns rapazes de bermuda e camiseta traziam colares havaianos no pescoço. As recepcionistas presenteavam as mulheres com um hibisco vermelho adaptado para colocar no cabelo. Marco ajudou Olga com a sua flor.

— Linda! Linda! Linda! — exclamou, depois de avaliar o arranjo na cabeleira da namorada.

Marco e Olga seguiram para a área da festa onde tinham sido montadas três tendas enormes feitas de madeira e cobertas com folhas de coco. As cores não estavam somente nas roupas, mas também nos balões, nas mesas com toalhas de chita e até nas comidas típicas da culinária baiana. As cadeiras de madeira tinham almofadas forradas com estampas alegres. Tudo muito lindo!

A iluminação deu o toque mágico à noite. Ficou por conta de duas fogueiras e também da lua, que naquela noite não tinha se rebelado e se escondido entre nuvens, pelo contrário, estava ali, completa e maravilhosa. A turma de Alcobaça tinha chegado e separado um lugar bem legal. Rodrigo veio ao encontro deles e os conduziu para a área reservada. Olga estava encantada com o luau. Não sabia que se tratava de uma festa tão elitizada. Tudo muito fino. Comidas... Bebidas... Conforto... Havia muitos casais por ali. Alguns em cadeiras, outros dançando, e alguns até deitados em esteiras colocadas estrategicamente próximas às fogueiras.

Um coquetel de frutas sem álcool foi servido. Deitados em uma espreguiçadeira dupla, Marco e Olga sentiam-se livres para viver o amor que nutriam um pelo outro. Os beijos longos despertavam nela um desejo por mais dele. Ela notava que Marco também tinha o mesmo sentimento.

Depois de experimentarem as delícias oferecidas na festa, dançarem agarradinhos ao som de Rod Stewart, Marco a chamou para dar uma volta.

— Tem vários casais passeando pela praia. Não precisa ter medo. Suas primas mesmo não estão por aqui há horas.

— Não estou com medo. Sei que estou segura com você.

Os dois levantaram-se e foram caminhando na beira da praia. Marco agarrava tão firme nas mãos dela que ela pensou em reclamar. Não teve coragem. Havia uma eletricidade que prometia explodir a qualquer momento entre eles.

— Aqui está bom. Não vamos nos afastar muito. Só preciso de você, do silêncio, da lua e do mar.

— Também queria um pouco de silêncio. Que paz nesta praia! Esse lugar é um paraíso. Quando a gente se casar, vamos comprar uma casa aqui?

Enquanto olhava ao redor, Marco a encarava seriamente e, sem responder à namorada, perguntou de supetão:

— Quer se casar comigo agora num pacto diante de Deus tendo a lua e o mar como testemunhas?

Olga riu achando hilário o pensamento dele.

— Não estou brincando, Olga. Estou falando sério — perto dali tinha flores do campo amarelas. Ela se assustou no instante em que num ímpeto Marco correu para pegar duas. Marco deu uma para ela e outra para ele.

— Olga Bernardes de Araújo, eu, Marco Werner de Alcântara te recebo como minha mulher e prometo ser fiel até a morte.

Entendendo finalmente que Marco não estava brincando, Olga fechou o semblante e disse:

— Marco Werner de Alcântara, eu, Olga Bernardes de Araújo te recebo como meu marido e prometo ser fiel até a morte.

— Querida, eu te prometo que essas flores serão a representação das nossas alianças apenas por um tempo. Em breve, serão substituídas por duas peças de ouro na oficialização da nossa união diante dos homens.

Olga emocionou-se e os dois se beijaram numa cena digna de Hollywood, tal era a beleza daquela noite iluminada e do som musical das ondas se quebrando na beira da praia. Lua e mar como testemunhas assinaram o pacto daqueles amantes de forma grandiosa.

— E o que Deus uniu, não separe o homem — Marco concluiu e a beijou novamente selando o pacto. Um cerimonial simples e sério. Nada arranjado de forma inconsequente. O rapaz fez questão de deixar isso claro durante todo o tempo. Olga se lembraria daquela noite por toda a sua vida, pois sentia que Deus estava ali, guardando-os. Era estranho, mas ela possuía esse sentimento de que Deus cuidava do namoro deles. Podia ser bobagem, mas aquela certeza de Deus no controle a acalmava.

A natureza estava perfeita, como se dançasse para o amor. As ondas que iam e viam num som cadenciado pareciam que batiam palmas se regozijando com eles. A lua sorria. Era Deus falando! Marco estendeu a esteira que tinha trazido da festa e, por um bom tempo, os dois sentaram-se, contemplando aquela dádiva divina.

Num sinal ruim, o vento frio soprou e Olga começou a tremer. Marco a abraçou, então, deitaram-se... No firmamento, nuvens esconderam a lua e as estrelas agora eram pouquíssimas. A noite ficou sombria.

— Vamos sair daqui? — pediu medrosa diante daquela escuridão repentina.

Marco a calou com beijos apaixonados querendo que se sentisse segura em seus braços. Em segundos, o temor se foi e a paixão explodiu. "Meu Deus! Era louca com o beijo dele!" Olga percebeu que o namorado também tremia, não de frio, muito menos de medo.

— Estou louco por você. Preciso mais do que beijos.

— Não estou preparada. Você sabe. Também tenho ânsia de você e não sei como resolver isso.

— Quero você — o tom na voz dele foi tão manso, tão sensual, tão desesperador, que Olga se perdeu. Logo, puxou o namorado aceitando os beijos e retribuindo com carícias nos cabelos e no pescoço. Estavam famintos. Precisavam muito daqueles momentos tão raros...

— Você mexe com a minha estrutura, dona Olga — balbuciou.

Olga pegava fogo. Marco a incitava ainda mais e levava as mãos da namorada a fazer o que queria. Parecia promíscuo, se partisse dela a mínima atitude que fosse. No entanto, não queria aborrecê-lo e como ele pedia, ela fazia. Fora rejeitada toda a sua adolescência por ser a princesinha de Caratinga. Agora tinha alguém que fazia questão dela, que a amava... Que a considerava como uma mulher! Como repelir? Amava-o demais! As mãos de Olga ganharam liberdade em meio aos sussurros doces.

— Te amo, Olga! Você tem noção do quanto? — perguntou, abraçando-a mais forte. Sem esperar a permissão dela, Marco foi audacioso em carícias musicais. A timidez desapareceu como num passe de mágica. Os lábios trêmulos a tocaram no pescoço em explorações quentes. Todos os carinhos respeitando os limites tênues da virgindade... Passado um tempo, Marco, cuidadosamente, ajeitou as roupas dela sem deixar de abraçá-la. Esperou uns minutos e, por fim, indagou: — Não vai dizer nada?

— Não tem o que dizer. Estou sem graça. — Não conseguia encará-lo e Marco levantou o seu queixo e a fez olhar para ele antes de dizer:

— Você é a mulher da minha vida. Quero que você grave isso. Só Deus pode nos separar pela morte.

— Eu te amo, Marco! — A declaração saiu entrecortada e o coração dele doeu porque lágrimas escorriam da face de Olga.

Até o dia do retorno dele para São Paulo, viveram momentos como aqueles de afagos afoitos. Olga sabia que não era correto o que faziam, mas não tinha audácia de parar, pois tinha medo de decepcioná-lo e gostava também. Nunca conversavam sobre as horas íntimas. Muitas amigas da faculdade mantinham aquele tipo de relacionamento e, dessa maneira, preservavam a virgindade. Olga, que sempre criticou aquele tipo de atitude por considerar de uma hipocrisia tamanha, agora vivia a mesma situação. Quando visitava o seu "eu" mais íntimo se sentia triste em relação àquele comportamento que não tinha como evitar; até porque não queria magoar Marco! Jamais! Quando a maturidade chegasse, entenderia que era apenas vítima de uma pressão psicológica camuflada; um mal da sociedade machista. Aprenderia que o papel da mulher desde sempre está condicionado a ceder à vontade do homem, de uma forma ou de outra. Ou seja, sem violência ou com violência.

A consciência carregada levou Olga a sentimentos contraditórios. Na rodoviária, havia alívio e tristeza. Como nos anos anteriores, a despedida de Marco, foi banhada de muito choro por parte da jovem, que nem ligava de esconder tantas lágrimas, no entanto, por dentro experimentava certa paz.

Marco demonstrava tristeza e foi rápido nas despedidas. Igualmente estava com os olhos cheios de água. O pai dela zombou dizendo:

— Um homem não chora!

Os dois se abraçaram como se já fossem sogro e genro, cúmplices de um amor por uma mesma mulher. Olga deu o último abraço, Marco a beijou de leve nos lábios e se foi sem olhar para trás.

De volta à rotina do ano letivo, o terceiro período de Letras estava bem mais cativante e foi o que a distraiu um pouco da saudade constante que abrigava o coração. Tinha um sonho de ser escritora de romances e estava focando os estudos para esse lado da carreira. Lia muito e já se arriscava a escrever alguns contos. Aproveitava os professores recebendo direção de como prosseguir para alcançar seu objetivo.

Nas ocasiões em que comentava com o namorado sobre o seu sonho de ganhar a vida como escritora, Marco dizia que não precisava se preocupar com uma carreira promissora e bem remunerada. Ele ia cuidar deles. Caso quisesse escrever poderia, somente por hobby.

O posicionamento entristecia a moça, pois ela queria que ele vivesse os sonhos dela, fizesse perguntas e demonstrasse interesse. Todavia, isso nunca acontecia. Em relação à carreira de Olga, era extremamente egoísta, porém, evitava pensar, fazer análises ou até mesmo discutir o assunto, até porque as ligações por telefone eram poucas e tinha de aproveitá-las de outra forma.

Um mês após as férias, a bomba explodiu na família. Nice estava grávida! Olga chorou com a prima, entretanto, confortou-a com palavras otimistas.

— Isso não é um bicho de sete cabeças. O Beto trabalha e você também. Não terão problemas financeiros. É só casar e pronto.

— Queríamos comprar a nossa casa, trocar a moto por um carro. A gravidez vem para complicar e adiar todos os planos.

— Você está grávida de quantos meses?

— Engravidei em Guaratiba. Naquele luau tive minha primeira vez.

Olga gelou. Na praia também tinha sido a primeira vez dela em carícias perturbadoras. Caso ela e Marco não tivessem tido cabeça fria poderia ter sido ela. "Obrigada, Deus!", orou em pensamento. Não queria magoar os pais, pois os tios estavam arrasados. A mãe falara da amargura da tia de casar uma filha grávida.

O pai deu as passagens de avião para Marco participar como padrinho ao lado de Olga no casamento da prima. Para aproveitar e ficar mais tempo com a namorada chegaria numa quarta-feira. Só partiria na segunda-feira.

Os pais e Olga viajaram até o aeroporto de Santana do Paraíso, uma cidade próxima, para buscar Marco. O coração da jovem disparou quando o viu descer do avião. Os pais ficaram de longe, ela correu para recebê-lo. O abraço foi apertado e teve direito a uma exclamação apaixonada.

— Quatro dias somente para nós! Vou matar aula por você, viu garota linda?

— Sim — disse ela. — Estou tão feliz por você estar aqui!

O casamento foi perfeito. Nice ganhou dos avós uma festa espetacular. Num clube da cidade, um altar foi montado ao redor das mesas dispostas para os convidados. Amante de flores do campo, a prima esbanjou e elas estavam por toda parte: nas mesas, no altar, no caminho para o altar e, como não poderia deixar de ser, no buquê.

Nice estava linda num vestido de noiva branco-perolado. Os cabelos soltos num modelo elegante ficaram alinhadíssimos atrás das orelhas. Não havia sequer um fio fora do lugar. Uma tiara diamantada segurava a cabeleira loura. Parecia uma princesa tirada do conto de fadas. Ela também tinha olhos azuis, porém mais claros do que os de Olga. Beto, risonho, a esperava no altar num terno escuro risca de giz e gravata perolada no mesmo tom do vestido da noiva.

Durante a cerimônia, Olga orava. Queria que a prima fosse feliz, mesmo que tudo entre eles estivesse começando na contramão do que é correto. Que o Senhor ajudasse que a única consequência daquele erro premeditado fosse o bebê. Que eles pudessem viver numa harmonia diária de um amor sincero, numa cumplicidade conjugal sem arrependimentos e sem maus-tratos de um para o outro.

Uma lágrima rolou ao pensar na vida da prima a partir de agora. Uma casa, um marido, um filho para cuidar, trabalhando fora e ainda estudando. "Será que Nice daria conta?" O olhar dela cruzou com o de Fernanda, que também era madrinha. Ela também chorava em silêncio.

Durante os preparativos, as duas haviam encorajado Nice.

— Vai dar tudo certo, você vai ver. Quantas mulheres viveram isso e venceram! Você não vai ser diferente. No mais, você tem vinte anos, não é mais uma adolescente — dissera Fernanda.

— Olha para mim, Nice. Daqui um tempo serei eu quem vai embora morar em São Paulo por amor a um homem. Viver naquela cidade maluca, longe de vocês. A vida não é fácil!

Nice chorou, elas choraram... Depois passou. Fernanda e Olga ajudaram na decoração da casa nova, na escolha do vestido de noiva e nos detalhes da festa do casamento, tudo para sair de acordo com os sonhos da prima.

Na mesa dos padrinhos durante a recepção, Marco sentiu que estava entristecida e chamou sua atenção:

— Olga, não existe motivo para você ficar triste apenas porque sua prima casou grávida. Ela está casando com o homem que ama. Isso é o que importa.

— Ela não está de todo feliz e é por essa razão que estou aborrecida. A Nice me disse que está muito arrependida e eu lamento muito. Tudo por causa daquela maldita noite em Guaratiba — desabafou irada.

Marco assustou-se com a explosão repentina dela. Nunca tinha visto Olga falar naquele tom e foi mordaz:

— Maldita? Considero aquela noite como a nossa noite, sabia? Ou você se esqueceu do nosso pacto? — Ele tirou da carteira uma pequena flor desidratada dentro de um plástico e prosseguiu: — Quer que eu jogue fora?

— Perdoe-me, meu amor — disse admirada com as palavras do namorado. — Eu também guardo a minha num lugar sagrado, dentro da minha Bíblia.

— Então, entenda de uma vez por todas, são as escolhas que a gente faz na vida e temos que pagar por elas — argumentou com autoritarismo. Todavia, prosseguiu mais brandamente: — Agora, sorria, pois quero vê-la radiante, porque a próxima noiva desta família será você.

Olga riu e os dois foram para a pista de dança. Para descontraí-la, Marco cochichou ao seu ouvido:

— Eu acho que ainda não te elogiei nesse vestido. Você está linda!

— Hum! E desde que chegou não disse nada do cheiro do meu perfume — reconheceu manhosa.

Ele reclamou gracejando:

— E você agora deu para jogar perfume em suas cartas... Ingrata. Vou matá-la!

Olga gargalhou e revelou o segredo:

— Comprei um frasco só para as cartas. — Então, achegou-se mais, pois começara a tocar a música que todas as vezes que ouvia batia saudade dele. — Essa música me traz recordações deliciosas de uma manhã, em certa praia — comentou com a voz quente. Terna.

Ao perceber o namorado igualmente carinhoso por causa da paixão que emanava dela, Olga sussurrou:

— *Um verde profundo no olhar a me endoidecer. Quisera estivesse no mar e não em você, porque seu coração é uma ilha a centenas de milhas daqui.*

— Quer parar com isso? — falou manso, porém sério.

— Djavan profetizou a nossa história com essa canção. Grande parte do ano, seu coração é uma ilha bem longe de mim.

— Quero que pense que isso tem data para acabar. — Olga silenciou e dançaram mais um pouco, então segredou ao namorado:

— Eu também amo o seu perfume. Não quero que você troque nunca.

— Por você, vai ser meu cheiro eterno. Queria te beijar e não posso. Estou sendo torturado.

Rindo, decidiram pelo fim da brincadeira de amor e, felizes, retornaram à mesa. Na madrugada, os avós, os pais e os tios se foram. A festa ficou por conta da galera jovem da família e dos amigos dos noivos. Livremente, Marco pôde beijar Olga como desejava, recarregando as energias daquele amor; até que a segunda-feira o chamasse para a realidade de mais um tempo longe dela.

Depois de três anos, Olga e os pais finalmente conheceram a família de Marco na formatura dele, mesmo dia do noivado. O pai, seu Edgar, Lia, a madrasta e as duas irmãs, Leandra e Mara foram educados, contudo distantes. A rejeição foi notória e a entristeceu. Da mãe recebeu consolo.

— Filha, pense pelo ponto de vista deles. Não sei se eu estaria feliz se fosse um filho meu se casando tão jovem e ainda sem a vida financeira completamente resolvida.

— É, dona Anita, a senhora é silenciosa, mas quando fala só tem conselhos sábios. Vou tentar entender a família do Marco.

— Isso, filha! Assim é que se fala.

Olga teria que estudar um meio-termo mesmo, pois a família fez de tudo para separá-los nos três anos de namoro. O pai nunca ajudou nem sequer com uma passagem para que ele pudesse ver Olga fora do período das férias. Marco sempre teve que se virar. O pior é que pressentia que a perseguição continuaria agora mais intensa do que nunca por causa do noivado.

A sorte de Olga é que Marco tinha muito medo de perdê-la por causa do namoro à distância, o que o deixava certo sobre o casamento. Estava irredutível em sua decisão. Já tinha se arriscado demais namorando somente no verão. O casamento só não sairia aquele ano se não arranjasse um emprego.

Seu Cláudio convidou a família de Marco para passar o Natal e o Réveillon na casa de praia, em Alcobaça. Com o noivado, Olga intencionava aproximar as famílias, o que pouco adiantou. Após dez dias juntos, sentiu que a reprovação continuava. Lia nem procurava disfarçar, sempre colocando na pauta das conversas a importância da hora certa para o casamento. Debochava dizendo ser ilusão: "Eu, você numa cabana, felizes para sempre!". Outra vez, ridicularizava expressando que amor nenhum sobrevive sem dinheiro.

Ao partirem, Olga sentiu-se aliviada e percebeu que Marco também. Somente pelos pais dela se segurou para não calar a madrasta com palavras agressivas.

No fim de janeiro, ele partiu para São Paulo para preparar a documentação profissional, senão não poderia sair em busca de trabalho. Três semanas depois de deixar a cidade litorânea, estava empregado. Seu Edgar, mesmo querendo que o filho seguisse com os estudos se especializando, fazendo residência, ajudou nas indicações nos hospitais da capital. E de nada resultou a família infernizar os seus dias condenando a sua decisão de se casar com Olga. Do pai ouviu: "Você é burro! Está destruindo sua carreira. Quando os anos passarem, não vai poder dizer que eu não o avisei". Marco se fez de surdo e, inflexível, marcou a data do casamento para julho.

O CASAMENTO

O amor não procura os seus interesses

COMO UM DOS MAIS BEM-SUCEDIDOS EMPRESÁRIOS da pequena cidade de Caratinga, além de construtor, seu Cláudio possuía uma fazenda produtora de café, portanto, não economizou na festa de casamento de Olga. Foi considerado o acontecimento do ano. Uma limusine foi trazida de São Paulo somente para levá-la à igreja.

Na decoração da igreja e da recepção, havia cascatas de orquídeas por toda parte. O jantar foi servido à luz de velas numa prataria sofisticada, copos e taças de cristal. Sem falar das peças da mais fina porcelana.

Enquanto Nice ficou linda como uma princesa, Olga parecia uma rainha. Os cabelos negros foram arranjados num coque no alto da cabeça de onde um véu preso a uma tiara descia cobrindo o rosto da bela senhorita que, naquele momento, enquanto adentrava a igreja, tornava-se, finalmente, a senhora Alcântara. O vestido em seda pura era tão branco que chegava a doer os olhos. Durante a escolha, ela e a mãe ficaram atentas a cada detalhe do modelo romântico com bordados em pedrarias. O clássico com mangas e saia rodada tinha sido trazido de Nova York.

Ao avistar Marco no altar, quis chorar. Ele estava maravilhoso e a surpreendeu num terno branco-gelo, gravata e colete na cor preta. Na lapela do terno, uma orquídea igual a do buquê. Ele tinha encomendado numa surpresa para ela. Ao som de *Love Story*, Olga caminhou para os braços dele. Os lábios tremiam... Tentava se controlar... Esforçou-se para sorrir para os convidados, mas não teve jeito. Quanto mais se aproximava, mais vontade tinha de chorar. Para descontraí-la, o pai fez um comentário brincalhão sobre a quantidade de convidados:

— Esse casamento só não está mais concorrido que o da princesa Diana.

Olga esboçou um sorriso e notou realmente que a igreja estava lotada. Na ponta do altar, Marco agradeceu ao sogro com um abraço e um aperto de mãos. Em seguida, de frente para Olga, levantou o véu, pegou em uma de suas mãos e disse em seu ouvido:

— Eu vou precisar de você até todas as estrelas se apagarem — tinha preparado outras palavras, mas naquela ocasião tão particular deles era o seu sentimento. O trecho da canção de *Love Story* era a verdade do coração dele, que sabia que era o dela também.

— Não me faça chorar ou esse casamento vai começar com assassinato — respondeu entre dentes.

À medida que o reverendo prosseguia com a palavra, Olga ia se acalmando. No seu interior, orava em gratidão a Deus por ter dado a ela a oportunidade de ser amada por um homem tão maravilhoso. Na hora do voto de fidelidade, sorriam cúmplices do segredo da cerimônia de Guaratiba. No momento em que foi dito "agora pode beijar a noiva", Marco virou-se para ela, esperou uns segundos e falou antes do beijo tão esperado:

— Por que todas as vezes que eu te vejo parece que você está mais linda do que eu me lembrava?

— Você também está lindo, Marco. Parece um príncipe! Eu não te mereço.

Olga não cabia em si de tanto contentamento. A felicidade estava estampada no seu rosto. Marco também transmitia alegria. Era como se fogos de artifício estivessem estourando ao redor deles. Muito júbilo. Ambos realizavam um sonho de amor e aproveitaram cada minuto, desde a entrada na igreja até a recepção. Mais tarde, os pais e tios comentariam que tanta ostentação tinha valido a pena, tal era a felicidade do casal. Uma interação com os convidados diferenciada: alegria nas fotos, nas danças... Fernanda e Nice comemoraram como se todo aquele regozijo também fizesse parte da vida delas. Nem mesmo o desdém no rosto e as maneiras esnobes das irmãs e da madrasta de Marco puderam tirar o brilho da festa. O pai dele emocionou-se ao cumprimentar a noiva.

— Parabéns, Olga, seja bem-vinda à família.

— Muito obrigada, seu Edgar.

A frieza daquele homem tão parecido com o filho a assustava. O mesmo porte, o mesmo verde no olhar, a mesma profissão... Tão semelhantes e tão distantes! Naquele momento, ela colocou-se no lugar do sogro para tentar compreendê-lo um pouco, como se isso fosse possível, porém chegou à conclusão de que devia ser difícil o casamento com uma mulher possessiva. É evidente que identificava em Marco um lutador, um vencedor, porém pressionado pela secura da esposa, se calava em palavras e em incentivos paternos. Sempre para evitar conflitos. O posicionamento errado gerava consequências. Olga percebia que a cada ano que passava desde que começara o namoro, Marco se distanciava mais e mais do pai. Uma situação para se pensar: "Até que ponto vale arriscar um segundo casamento e colocar o amor aos filhos em jogo?".

Sem dar a mínima importância para a família, esquecido da vida, Marco dançou com Olga e beijou-a voluptuosamente como se estivessem a sós e não cercados por quatrocentos e cinquenta convidados.

— Bom te beijar sem receio. Agora sou seu dono — disse, puxando-a ainda mais para si, como se quisesse entrar no corpo dela e assim se tornarem um. Após o gesto, sussurrou na orelha sensível dela: — Quero fugir daqui. Diga que não quer isso?

Extasiada, Olga respondeu:

— Quero fugir com você.

Os dois saíram sorrateiramente abraçados e risonhos. Antes de dar partida no carro, Marco voltou a beijá-la num atrevimento que Olga amou e retribuiu, porquanto estava sedenta por mais e mais dele. Com dificuldade, soltou a esposa, ligou o Voyage do sogro e seguiu rumo ao hotel.

No quarto, uma suíte presidencial, enfim se abraçaram livres de olhares... Livres para viver a grande paixão que desde sempre os unia... Nem mesmo a timidez de Olga atrapalhou. A plenitude do amor era tanta que se algo foi realizado sem perfeição não fez diferença. Estavam tão envolvidos que não perceberam a noite maravilhosa que se fazia lá fora. Havia lua e estrelas sem conta. Caso tivesse um poeta por ali, escreveria em prosa que era um brinde ao amor, e se eles estivessem atentos ao cenário lúdico se lembrariam de Guaratiba e, quem sabe, se emocionariam ao ver uma estrela cadente riscar o céu numa assinatura divina.

Olga ainda recordaria daquela noite, agora tão distante, em Alcobaça, quando tudo começou e de tanto amor perdera o sono; se lembraria das horas e horas felizes em que ficou a contemplar a grandiosa beleza do firmamento. Todavia, nenhum deles relacionou aquela noite ao passado, pois estavam perdidos num momento mágico de entrega total. A madrugada que se ia, realizava o sonho de ser dele por completo, e o mesmo firmamento tinha apenas brindado a sua felicidade...

— Amei cada minuto — sussurrou ela.

— Você é a melhor coisa que me aconteceu. Obrigado, meu amor, por me fazer feliz.

Deitando-se sobre ele, Olga disse séria:

— Obrigada por me ter feito sua mulher. Eu sei do que você abriu mão por minha causa. — Levantando a mão direita jurou: — Eu prometo que você não irá se arrepender. Vou ser a melhor esposa do planeta.

— Pode começar sendo agora. Quero mais! — sensualmente, sem tirar os olhos dele, Olga começou a soltar os cabelos que ainda estavam presos no coque. Ouviu dele um sussurro de "pare com isso". Ela sorriu feliz e o acariciou com beijos provocantes, que só os amantes sabem compartilhar. Ele correspondeu com paixão, e ali, naquele quarto de hotel, se entregaram ao amor mais uma vez quando as estrelas já desapareciam pouco a pouco para dar lugar ao amanhecer. Foi Marco quem se levantou para fechar as janelas.

O casamento começou com renúncia. A lua de mel nos Estados Unidos, presente dos avós de Olga, teve de ser adiada. Marco tinha apenas cinco meses de trabalho e não poderia pensar em se ausentar quinze dias, além disso, agora precisava sustentar uma casa com o salário que tinha como clínico geral. Com a ajuda do pai, tinha comprado um carro financiado. Não conseguiria trabalhar em São Paulo sem um, já que atendia hospitais em áreas diferentes da capital. Portanto, não tinha condições de deixar o país mesmo com tudo pago, por conseguinte, ficou combinado que iriam para os Estados Unidos nas primeiras férias do marido.

— Não estou triste, querido. Os Estados Unidos podem esperar. O importante é ficar aqui juntinho de você — explicou Olga depois de ser questionada por Marco se estava aborrecida pelo fato de não terem tido uma lua de mel.

— Quem disse que não tive uma lua de mel? Cinco dias passeando por São Paulo, conhecendo essa cidade de luz, foi maravilhoso.

— Obrigado por sua compreensão, querida. Ainda vamos viajar muito. É só uma questão de tempo.

Para Olga, a lua de mel tinha sido mesmo maravilhosa. Não falara isso somente para agradar ao marido. Além de visitarem alguns dos principais pontos turísticos da cidade, foram ao teatro e a restaurantes badaladíssimos. Interiorana mineira sentiu-se como um peixe fora d´água. Para ela, tudo em São Paulo era grandioso demais e transmitia medo. Não deixou transparecer a timidez e a insegurança que sentia pelo novo, até porque para ele era tudo natural: os carros velozes, as ruas apinhadas com gente de todas as raças, numa mistura de nações, indo e vindo... Os arranha-céus... Afinal, nascera e crescera naquele ambiente.

Passados aqueles dias perfeitos: dias de risos, de entrega, sem rusgas... Sem nenhum "porém" ou "mas" para tirar a alegria deles... Marco voltou ao trabalho.

Sem amigos e sem parentes, a alternativa foi Olga aprender a conviver com a solidão das agruras de uma capital como São Paulo. Tudo isso agregado à ausência dele, às saudades dos pais e das primas, tão amigas...

Na maioria das vezes, Marco saía de casa numa segunda-feira e só regressava na quinta-feira. Ficava com ela na sexta-feira. Sábado e domingo estava de novo envolvido em plantões. A escala de trabalho era praticamente a mesma, o que mudava eram os dias. A folga, que normalmente era na sexta-feira, era trocada por uma segunda-feira e a vida seguia... Em resumo, Marco tinha um dia de descanso na semana, e quando aconteciam folgas em fins de semana era porque pedia para um amigo trabalhar no lugar dele. Geralmente, arranjava isso nas ocasiões em que percebia a esposa muito triste.

Para tentar suprir um pouco a ausência e amenizar a solidão dela, Marco redobrara a atenção. Ligava praticamente o dia todo. Uma folguinha e estava no telefone batendo papo, contando detalhes do trabalho. Não tinha nada que ocultava da mulher. Além dos problemas entre os médicos, falava das histórias dos pacientes que iam chegando... Os casos mais assustadores... Os mais surpreendentes. Quando atendeu uma moça solitária que tinha cometido tentativa de suicídio, o pensamento se arremeteu para a mulher sozinha em casa. Tão logo pôde, ligou para Olga, quis saber se estava bem... E se estava feliz... E se não estava se sentindo muito sozinha... Depressiva...

De contínuo enviava flores, bombons... Sempre acompanhados com um bilhetinho apaixonado. Ela brincava feliz com as manifestações de carinho:

— Você vai me estragar, Marco.

— Quero mimar você, minha linda.

Sem sequer uma amiga, Olga passava os dias lendo, às vezes ia sozinha ao shopping ou mesmo passear pelas ruas da cidade. Eles moravam num prédio antigo. O apartamento de dois quartos ficava bem localizado, próximo a um centro comercial e, por esse motivo, ela não precisava de carro.

Por causa do casamento, ela teve de trancar a matrícula no último ano de Letras. De tudo, não achou ruim, porquanto, teria prazo para se adaptar à cidade e ainda conhecer as opções de faculdades.

O pai e a mãe também, de tempos em tempos, vinham e passavam pelo menos duas semanas na cidade. Aí, Olga se alegrava, uma vez que abusava do colinho dos pais que tanto amava.

— Olga, você é a nossa única filha e eu estive conversando com a sua mãe, nós vamos presentear você e o Marco com um apartamento. Quero que escolham onde querem morar e me avisem. Não se preocupem com o preço, se precisar vendo uns imóveis que tenho — disse o pai.

Olga ficou emocionada, a mãe a abraçou e completou:

— E tem mais, filha, no ano que vem, quando voltar à faculdade, vamos te dar um carro. Aí, você pode escolher a faculdade que quiser e não a que se localiza mais próxima da sua casa. A vida de vocês é muito difícil para ficarem somente com um carro.

Era sempre do mesmo jeito quando os pais chegavam. Nunca vinham de mãos vazias. Presentes e mais presentes para ela e para o marido. O contrário da família dele, que não mudara de comportamento em relação a eles, nem mesmo com o casamento. Moravam na mesma cidade e quase nunca se viam. Somente em algumas datas comemorativas costumavam se encontrar. Seu Edgar continuava na postura de se manter distante do filho para não desagradar à mulher. Como médico, não trabalhava tanto quanto Marco, pois tinha a carreira resolvida. Mesmo assim, a profissão de ambos era um agravante na relação entre pai e filho. Lia e as irmãs de Marco não perdiam oportunidade e, como sempre, a feriam com palavras, com atitudes. Tudo quase imperceptível. Uma palavra aqui, uma atitude acolá. Tinham certa inveja dela. Isso sim era visível nos comentários com desdém das joias e roupas que Olga usava. Um sentimento horrível que a entristecia muito. Não comentava com Marco, porém ele percebia.

— Amor, não liga. Deixa para lá. Um dia Lia cresce e passa a entender que não preciso e nem quero nada do meu pai. Mara e Leandra somente reproduzem a mãe. Foram programadas a me verem como rival e não como irmão.

A procura pela casa ou apartamento dos seus sonhos trouxe um novo alento para Olga, porquanto, tinha algo para ocupar os seus dias. Na folga de Marco, olhavam juntos os imóveis que ela ia selecionando na semana. Demorou até conseguirem achar algo perfeito: uma cobertura de quatro quartos. Ao entrar no apartamento pela primeira vez, o coração saltou e uma vozinha gritou dentro dela: "Tudo o que você sonhou!". Nada grandioso, mas tudo moderno. Marco viu o brilho nos olhos da esposa e perguntou:

— É esse, não é?

Ela acenou a cabeça afirmativamente andando pelo imóvel e amando cada detalhe, desde o piso, a cor das paredes, os banheiros, a cozinha, a vista da varanda da cobertura... Não comemorou o achado por causa da presença do corretor de imóveis. Marco ainda teria de negociar. Tinha sido orientada pelo marido para não demonstrar grande interesse caso gostasse de algo. Como foi difícil não correr para ele num braço apertado e gritar de alegria, pois era aquele o imóvel que desejava.

Seu Cláudio veio de Caratinga e como construtor aprovou a escolha deles. Depois da compra do apartamento oficializada, começou a busca pelo mobiliário, já que seriam necessários muitos móveis, pois em relação ao outro que moravam, o novo imóvel era imenso. A mãe deu dicas preciosas. Como eram parceiras! O pai ainda pagou por peças decorativas que só percebeu no dia que a loja fez a entrega e nem pôde reclamar do excesso de presentes, pois quando as compras chegaram seu Cláudio e dona Anita já tinham regressado para Caratinga.

Os quartos do primeiro andar foram transformados: um em escritório, o outro em uma sala de TV. Na parte de cima, preparou a suíte para eles e no segundo dispôs uma cama de casal para os pais. Com amor, Olga decorou cada cantinho. Como gostava de flores naturais, sempre tinha muitas delas distribuídas pelo apartamento.

Naquela tarde, caprichara ainda mais. Marco chegaria a qualquer instante após cinco dias. Num vestido preto sensual preparara um jantar em comemoração à casa nova. Correu para a sala ao ouvir o barulho da porta sendo aberta. Queria ver como ele reagiria à decoração.

— Quase voltei para trás quando deparei com essa sala. Achei que tinha entrado no apartamento errado — brincou ao ser abraçado pela mulher.

Agitada, Olga pegou nas mãos do marido, pois tinha uma surpresa.

— Quero que você veja o nosso quarto. — Mesmo cansado, Marco entrou na animação dela.

— Nossa. Ficou elegante. Parabéns, querida — virando-se para ela, beijou-a prazerosamente. Porém, Olga parou com a carícia fingindo aborrecimento.

— Não é isso. Olhe direito — ele rodou pelo quarto agora mais atento. Não viu nada de diferente: os móveis novos, a colcha num tom clássico creme e as flores que, inclusive, estava acostumado. A mulher era maníaca por elas. Quando o marido fez a intenção de seguir para o banheiro da suíte, disse firme:

— Marco, olhe para os quadros!

— Ah, tá — falou surpreso. Realmente se esquecera de olhar para eles.

Quando descobriu o que tinha feito, parou embasbacado tentando absorver o que via. Olga ficou estudando as feições de Marco e o que leu no rosto dele foi uma emoção singela. Estava sem palavras. Num quadro, protegidas por um vidro, as duas flores já desidratadas pelo tempo que tinham sido colhidas em Guaratiba. As mesmas que representaram temporariamente a aliança de casamento estavam literalmente enquadradas num cantinho do quarto deles.

— Querido, para mim sempre serão as nossas alianças. Precisavam de um lugar especial no nosso cantinho.

— E eu que sempre achei que você não tinha dado importância a elas — puxou-a para perto num abraço e a presenteou com um beijo em sinal de agradecimento.

— Te amo muito, minha linda. Sei que estou te devendo um anel digno de casamento e não vai demorar muito, viu?

— Quero de esmeralda. Da cor dos seus olhos.

— Você acha que não pensei nisso? Sou egocêntrico, esqueceu?

Os dois riram, contudo, de repente, uma seriedade surgiu do nada. Olga viu desejo nos olhos dele.

— Essa produção toda é para mim — disse, comentando o fato de ela ter escolhido um vestido preto muito sexy e ainda estar de salto alto.

— Sim. Fiz um jantar especial para nós. Afinal, hoje é dia de comemorar o nosso apartamento novo.

— Pode comer a sobremesa antes? — murmurou numa pergunta.

— Não. Mas hoje é um dia especial, vou abrir uma exceção — disse também sussurrando.

Depois de beijos poderosos, Marco explicou:

— Preciso de um banho. Vem comigo?

Debaixo do chuveiro, eles se amaram num deleite que só terminou na cama, entre os novos lençóis de seda que presenciaram pela primeira vez a poesia de quem ama. E o jantar? Esse demorou a ser servido...

♡♡♡

Graças às reuniões de condomínio que Marco nunca podia participar, Olga fez novas amizades. Ao contrário do outro prédio, esse era bem familiar. Os moradores dos oito apartamentos eram também proprietários, o que aproximava a todos. A vizinha de porta, Bia, era simpática e as duas se deram bem à primeira vista. Tinha a mesma idade de Olga, porém, a nova amiga já era mãe de gêmeos de seis meses: Mateus e Vitor. Como Nice, casou-se grávida.

Quase todos os dias, Olga descia para o playground do condomínio para acompanhar o banho de sol dos bebês. Naquela área de lazer, a amizade cresceu e reconheceria por toda vida que Bia foi o seu suporte em dias intensos de solidão. A ausência quase que contínua de Marco acabava com ela. Podia dizer sem medo de errar, que tinha tudo e não tinha nada. Com o passar dos meses, o que recebia do marido eram migalhas de minutos, de horas... E toda aquela amargura ia criando raízes e sendo compartilhada com a amiga.

— Não suportaria viver a sua vida, Olga. Gosto de saber que no fim do dia o César vai chegar e me ajudar com os meninos.

— Não é fácil mesmo! O que me consola é que isso tem prazo para acabar. Agora que não temos mais aluguel para pagar vai sobrar dinheiro e, em breve, Marco fará a residência. Em um futuro bem próximo poderá trabalhar menos.

— O que ele pretende fazer?

— Cirurgia na área da neurologia. Quer ser um neurocirurgião.

A conversa com Bia fez nascer uma ideia na mente de Olga, que, excitada, tratou logo de conferir a viabilidade do que imaginara. Naquela tarde foi ao banco e pegou o extrato de sua conta poupança, onde, desde bebê, o pai depositava mensalmente uma quantia para ela. Era desejo paterno que guardasse a poupança para a aposentadoria ou para um dia mal, caso batesse à porta. Ao constatar o valor, alegrou-se sobremaneira. Dava para sustentá-los por cinco anos e ainda sobrava. Sem contar que como administrava as finanças da casa, já contava com uma boa reserva visando os estudos dele.

Marco nunca reclamava, todavia, Olga o sentia cansado daqueles plantões. Somente nos estudos, fazendo residência, aquele ritmo diminuiria pelo menos uns trinta por cento e, se Deus quisesse, em dez anos eles estariam com a vida financeira resolvida.

Quando ele chegou já era finzinho da madrugada. Olga abriu os olhos, sonolenta, e brincou:

— Hum, a visão do céu. Meu maridinho chegou! — ele esboçou um riso forçado por causa da fadiga. Deu beijo nela e foi para o banho. Ao voltar, jogou-se na cama resmungando:

— Posso dormir muito? Essa madrugada foi difícil naquele hospital.

— Claro, meu amor — falou dando um beijo rápido nele. Espertamente, desligou o telefone e adormeceu novamente abraçada a Marco.

Ao acordar, ele estava ali, admirando o sono da esposa.

— Não canso de olhar para você!

— Acordou tem muito tempo?

— Tem uns minutinhos. — Ela quis se erguer para fazer o café, mas ele disse afetuosamente: — Esquece o café. O que você acha?

— Café primeiro — respondeu categórica.

— Sua cafezeira. Se algum dia tiver de escolher entre a última xícara de café e eu, não tenho dúvidas, perco a batalha.

— Sou da terra do café, esqueceu? — saiu rindo para o banheiro.

Minutos depois, na porta do quarto, ela falou de forma enfática:

— Não saia daí. Volto rapidinho. Você sabe que eu funciono melhor após um café. Então, quem ganha é você, seu bobo.

— Vai logo e volte logo — disse, fingindo braveza e jogando um travesseiro nela.

Cantando, ela preparou o café e o levou para a cama, onde ambos saborearam o pão de queijo quentinho, o bolo e as uvas. Observando a bandeja vazia, Olga retrucou:

— Hum, bem que você gostou do meu café.

— Estava com fome e não sabia. Quando estou perto de você, meu pensamento voa para outras terras.

— Gostei do voo para outras terras — pegou a bandeja e a colocou numa mesinha perto dali. Em seguida, buscou os braços quentes do marido. Era o seu protetor. Gostava de ficar aninhada nele.

— Você me faz falta — murmurou no ouvido dela. Entre beijos sedutores, continuou: — Não canso de dizer: amo o seu perfume. O seu cheiro me fascina. Ele é sonífero para mim nesses momentos de cansaço. Durmo tão bem! E, como você sabe, em outros momentos, como agora é meu afrodisíaco.

Namoraram muito naquela manhã. Não demorou ela sorriu ao ver que Marco tinha caído no sono de novo. Contemplando aquele belo homem, achegou-se mais a ele e o analisou não só fisicamente. Ele era lindo também como pessoa, como ser humano. Deus tinha sido muito bom, pois lhe concedera a oportunidade de viver uma história de amor verdadeira, como nos contos de fada.

Bem mais tarde, os dois desceram e almoçaram num restaurante perto do condomínio. Era uma delícia passear com ele. Quem visse o casal perceberia uma união diferenciada. Ao lado dela, Marco sequer olhava para os lados. Quando a mulher falava, prestava atenção como se fosse única no mundo. E Olga era a mesma coisa. Um estava presente no sentido real da palavra para o outro.

No fim do dia, estavam no sofá da sala e Marco deitado em seu colo. Aproveitou a ocasião para tocar no assunto da residência médica. Pelo que conhecia do marido, sabia que a conversa seria complicada. Precisaria de muito jogo de cintura.

— Querido, dei uma conferida na minha conta poupança que meu pai fez para mim desde sempre e também na nossa conta conjunta. Nestes últimos meses consegui fazer uma poupança boa. O seu salário multiplicou e gostaria de te fazer uma proposta.

— Lá vem bomba! — brincou ele.

Entre um cafuné e outro, alisando os cabelos de Marco, falou:

— Quero que você deixe os plantões para fazer a sua residência. Fiz uma pesquisa rápida e com o dinheiro que temos dá para você fazer sem a gente se sacrificar.

— Quero? Você não tem que querer nada se é a minha profissão que está em jogo. — Olga enrijeceu-se. As mãos que acariciavam os cabelos do marido paralisaram. Marco não alterou o tom de voz, mas foi frio nas palavras: — Não quero que você mexa no seu dinheiro. É a sua aposentadoria. Nem pense nisso!

Olga respirou fundo e buscou ser mais persuasiva nas palavras:

— Amor, escute. O dinheiro está parado e a gente sofrendo. O que é meu é seu. E você está errado, eu tenho direito de querer o que é melhor para nós, independentemente do assunto.

Olga voltou a acariciar os cabelos de Marco numa tentativa de apaziguar a fera, no entanto, ele não se deixou levar pela estratégia da mulher.

— Seu pai já nos deu o apartamento. Vai te dar um carro agora. Não me sinto bem com isso.

— Marco, sou filha única. Tudo que é do meu pai é meu — falou mansamente.

— Não quero! — esbravejou, levantando do colo dela. — E vamos mudar de assunto.

Olga emburrou. A recusa deixou-a aborrecida, principalmente porque o marido tinha sido grosseiro. O fato de não querer usar a poupança dela não lhe dava o direito de ser estúpido, até porque tudo visava à felicidade de ambos.

Por outro lado, ele fingiu não notar a mudança de humor dela. Criada com os pais fazendo todos os gostos, não admitia ser contrariada. Marco, porém, não iria aceitar mais dinheiro do sogro, principalmente para estudar. Embora ele quisesse ter tido a satisfação de adquirir o seu primeiro imóvel, a compra do apartamento não o incomodou muito, pois foi colocado no nome da esposa. Era diferente.

Pela primeira vez, Marco foi trabalhar com o relacionamento estremecido com a esposa. No entendimento dele, Olga era manipuladora e, por esse motivo, tinha de ser duro porque estava muito mal-acostumada aos caprichos de filha única de pai rico. De uma vez por todas tinha de adaptar-se ao fato de que não era mais a "filhinha de papai" do poderoso engenheiro, dono de plantações de café Cláudio Marques de Araújo e deveria assumir o papel de mulher de um médico em início de carreira.

Da parte dela, magoada, não se importou quando Marco saiu para os plantões sem se despedir e sequer ligou como de costume, naquele primeiro dia longe de casa. Deu de ombros, pois estava irada e na alma dizia: "Por mim, que morra com seu orgulho besta. Machista de uma figa!". No segundo dia, ela levantou amuada. Triste. Nem quis descer para ficar com Bia e os gêmeos. Esperava a ligação com um pedido de desculpas de Marco, mas a manhã passou e nem um único telefonema; a parte da tarde também sem notícias dele. Nunca tinha feito isso com ela. Não aguentando mais ficar presa naquele apartamento, resolveu sair. Chamou um táxi e foi para o *shopping Center Norte*. Num passeio lento, entrou e saiu de lojas. Comprou o que quis: presentes para Bia, para os gêmeos e até para os pais que não iria ver tão cedo. Gastou uma pequena fortuna para um simples passeio e, numa atitude rebelde, pagou tudo com o dinheiro da poupança.

Não se deu conta de que já era muito tarde e, por esse motivo, nem teve como ir ao cinema. Depois de um lanche voltou para casa desgostosa. Não estava preocupada com Marco. Como era rabugento, provavelmente não tinha telefonando. A punição era pela birra que tinha demonstrado após a briga.

Por volta da meia-noite, lia a Bíblia e orava se preparando para dormir, quando o telefone tocou, surpreendendo-a. Indecisa após alguns toques decidiu atender.

— Oi — disse seca.

— Onde você estava?

— Fale direito comigo. Por que está gritando?

Houve um silêncio breve do outro lado. Olga percebeu que ele respirava fundo antes de repetir a pergunta num tom baixo e pausado, denunciando que estava com muita raiva, porém buscava controlar-se.

— Onde estava, Olga? Desde as seis da tarde estou ligando aí pra casa. Nem a Bia sabia do seu paradeiro.

— Agora está melhor — falou irônica com o tom brando forçado do marido. — Fui ao shopping gastar o dinheiro da minha poupança. Algum problema?

— Não me faça perder a paciência, Olga.

— Você já perdeu. Não percebeu?

— Deixe de ser criança! Você sabe que não gosto que saia à noite, muito menos sozinha.

Querendo encerrar o assunto, ela disse friamente:

— É meia-noite. Quero dormir e você precisa trabalhar. Deve ter muito paciente aí para atender.

Pela segunda vez, Marco respirou fundo e, após segundos em silêncio, como se pensasse nas palavras que deveriam ser pronunciadas, pediu desculpas:

— Perdoe-me por não ter ligado. Não te liguei de propósito.

Tensa, ela demorou a assimilar o pedido de desculpa, pois não esperava isso dele, não naquele momento. Ficou calada. Marco sabia que a mulher era a parte mais fraca do relacionamento e, no mais, Olga ainda tinha o agravante de ter sido muito mimada. Por essa razão, muitas vezes ponderava nas próprias ações, o que para ele era difícil, porquanto, tinha muito do temperamento do pai e odiava isso nele. Percebeu que ela chorava e, novamente, pediu perdão.

— Olha, vamos nos entender, você vai ver. Quando voltar a gente discute tudo direitinho.

— Ok. Você vem depois de amanhã?

— Sim, no fim do dia. — Fez uma pausa e falou sem pressa: — Te amo e não gosto de brigar com você.

— Eu também te amo, Marco.

Na manhã seguinte, ela dormiu até às dez horas. Na mesa do café, as flores e os chocolates enviados por Marco. A bela cesta veio acompanhada por um pedido de perdão.

Minha linda!
Quero que me desculpe pela estupidez,
por não saber te amar como você merece.
Marco.

Com a face molhada ela beijou o cartão dezenas de vezes e disse para si mesmo: “Meu amor, você sabe me amar, o que você não sabe é investir no nosso amor. Marco, quando você entenderá que o amor é como uma planta que precisa ser muito bem regada. O amor precisa ser cultivado com muitas atitudes, e atitudes corretas, não atitudes simplistas de quem diz para si mesmo: já fiz a minha parte, então está tudo bem”. Olga sabia que o marido a enchia de telefonemas, flores, chocolates, presentes como forma de pagamento pela ausência contínua. Será que algum dia entenderia que nada poderia suprir a falta dele?

Depois de pensar muito, decidiu ligar para o pai e expôs o conflito. Teimosa do jeito que era não iria desistir tão fácil. Precisava convencê-lo de que não existia dinheiro dela, e sim deles.

— Querida, eu entendo o Marco e também não aceitaria.

— Papai, o orgulho dele me faz sofrer. Vejo meu marido às vezes quatro dias em um mês. Isto não é justo.

— A vida não é justa, filha, mas vou pensar em algo.

Duas semanas se passaram e os pais chegaram para alegrar os dias de Olga e para ajudá-la com Marco. Embora ele tivesse prometido uma conversa sobre o assunto da graduação, desconversou todas as vezes que Olga jogou alguma indireta. O pai e a mãe não tinham planos de visitá-la por aqueles dias. Ela sabia que a única razão da presença deles era para resolver o conflito. E se tinha alguém que poderia persuadir o marido era o pai. Ele era um estrategista nato.

Como Olga previu, aconteceu. A sagacidade do seu Cláudio resolveu a situação. Num momento oportuno, exatamente durante as compras enquanto ela e a mãe passeavam pelo shopping. Em meia hora o problema estava solucionado. Quando as duas voltaram, Marco deu a notícia de que tentaria a residência no ano seguinte. A felicidade de Olga era evidente. Beijou o pai e a mãe.

— Obrigada, papai. Sabia que você convenceria esse "cabeça-dura" — disse, abraçando o marido carinhosamente.

Todos riram e, em seguida, brindaram a decisão de Marco, porém Olga percebeu nele um riso sem graça. Compreendeu no semblante frio dele que estava extremamente aborrecido por ela ter levado uma dificuldade para a família, todavia, Olga não se importou com os sentimentos de Marco. O que interessava era a graduação concluída mesmo ao custo de precisar enfrentar sua ira.

E não demoraria o confronto entre marido e mulher. Tão logo os pais de Olga se foram, ele tocou no assunto. Num fim de dia, chegou arredio do trabalho, o que na verdade já vinha acontecendo nas semanas com a presença da família no apartamento. Depois do banho foi direto para a sala. Sem pedir licença, desligou a TV que a esposa assistia e descarregou toda a sua raiva em cima dela. Psicologicamente, Olga não teve nem tempo de se preparar, pois ele foi direto ao que queria transmitir. Categórico, não pesou as palavras:

— Nunca mais leve um problema nosso para o seu pai. Eu sou o chefe desta casa. Entendeu, Olga?

Quase que de imediato, os olhos dela encheram-se de lágrimas com o tom de voz dele. Não que o marido tenha se alterado, gritado, entretanto havia dureza, inflexibilidade no discurso que se seguiu. Estarrecida, via ali na sua frente, o seu Edgar, o pai dele, diante dela. No mais, não esperava aquele ataque premeditado. Na cabeça de Olga, estava tudo resolvido e esquecido.

— Não adianta chorar. Você é muito mimada. Tudo tem de ser do seu jeito. Você faz isso para eu ter pena de você.

— Não é verdade. Você está me julgando. Está dentro do meu coração por um acaso? Se você não queria o dinheiro do meu pai, por que aceitou?

— Porque ele me colocou no canto da parede. Disse que eu não era um genro, porém o filho que não teve; que eu era precioso para você e que se eu não queria o seu dinheiro, que aceitasse o dele como empréstimo.

Olga ainda chorava sentada no sofá da sala. Marco andava de um lado para o outro e nem por um instante se comoveu com suas lágrimas. Pelo contrário, irritou-se. Agora, com a voz alterada, concluiu: — Ouça o que estou te dizendo: vou pagar tudo ao seu pai, inclusive esse apartamento. Acho que estamos conversados, não é mesmo, dona Olga? Nunca mais queira resolver os nossos problemas antes de me consultar — disse isso e foi para o quarto.

Ela, que estava sentada, deitou-se no sofá e ficou ali perdida em pensamentos. Não conseguia entender o marido. Caso tivesse irmãos, tudo bem, no entanto, era filha única. E o pai e a mãe tinham prazer em ajudá-los.

No ano seguinte, o que Olga esperava não aconteceu. A vida conjugal ficou seriamente comprometida. A residência era complicadíssima e, em muitos fins de semana, ele participava de seminários, congressos, além disso, ela voltou à faculdade para concluir o último ano do curso de letras. Nas conversas com Bia, reclamava da situação.

— Que vida difícil. Não conseguimos ficar juntos. Parece uma praga.

— Verdade, e você achou que fazer residência iria resolver o problema? Parece que piorou. Minha amiga, penso que o problema é a profissão. Pode se acostumar.

— Só não entro em desespero, porque ele me prometeu a ida para um resort nas férias de janeiro. Também vamos passar o Natal e o Ano-Novo com os meus pais na casa de praia. A nossa lua de mel nos Estados Unidos foi adiada mais uma vez.

— Olga, você se formando precisa arranjar um emprego para se libertar um pouco dessa dependência dele. Você vive na expectativa de o Marco chegar, ou, então, arranje um filho para se distrair.

Bia tinha dito uma verdade. Olga vivia a vida do marido. Precisava encontrar algo para fazer urgentemente. Filho não almejava por agora, nem Marco. Pelo menos, até conquistarem uma vida familiar estável.

O fim do ano chegou e os pais dela vieram para a sua formatura. Numa festa em casa, ela recebeu os amigos mais íntimos. A família de Marco foi bacana e compareceu a todas as solenidades. Estava muito feliz. No baile, ela e Marco dançaram e namoraram como havia muito não faziam.

— Quer sair daqui e ir a um lugar interessante comigo?

— Topo!

Saíram do salão de festas como dois namorados e dormiram fora de casa, um momento raríssimo. Olga sentiu-se nas nuvens, já que sempre escondia num lugar secreto a mulher romântica que habitava nela.

Feliz da vida! Assim estava naquele fim de ano, contando os dias e as horas para a viagem. Olga começou a renovar as roupas de verão e, ao lado da mãe, também fez compras. A lista de presentes era grande. Além dos avós e tios, tinha muitos primos.

A quinze dias do Natal, de São Paulo, os pais seguiram direto para a casa de praia. Havia muito para ajeitar no solar dos Araújos antes que os familiares começassem a chegar.

MAIS CONFLITOS

O amor tudo suporta

FALTANDO UMA SEMANA PARA A VIAGEM, Marco chegou cabisbaixo. Querendo alegrá-lo, pois imaginou que algo ruim tinha acontecido no trabalho, Olga acompanhou-o no banho. Enquanto ele usava o chuveiro, ela sentou-se na ponta da banheira de hidromassagem falando bobagens, coisas do cotidiano, como sempre fazia para distraí-lo de pensamentos ruins que, porventura, estivessem povoando sua mente.

Marco fechou o chuveiro e, ao pegar a toalha, Olga foi para o quarto apanhar um short e uma camiseta para ele. Ao pegar as roupas das mãos dela, já no quarto, agradeceu-lhe e deu-lhe a notícia que não esperava ouvir:

— Querida, sinto muito, mas não vou poder viajar neste Natal, muito menos no Ano-Novo. Vou ter de socorrer o Carlos e trabalhar para ele — deu a notícia, ao mesmo tempo em que se vestia. Olga ficou ali, olhando para ele sem acreditar que ouvia aquelas palavras. Observou a naturalidade com que, em seguida, ele pegou a toalha novamente para secar os cabelos que estavam grandes, precisando de um corte. Depois de segundos, que pareceram minutos, falou passivamente, meio abobalhada:

— Você está brincando comigo! Fale que isso é uma brincadeira.

— Infelizmente não é uma brincadeira — respondeu seco, agora penteando os cabelos.

— Meu Deus do céu! — começou a gritar exasperada. — Não acredito que isso está acontecendo! Não acredito que você vai fazer isso comigo!

— Não tive como dizer não para o Carlos, você sabe o motivo — nervoso, começou a andar de um lado para o outro, uma vez que dificilmente Olga se colocaria na posição dele. Mentalmente, se preparara para aquele confronto. Por isso, contra-atacou intempestivamente: — Preciso que você me entenda. Ele é diretor do hospital e é quem vai abrir as portas do mundo da neurologia para mim logo que eu conclua a residência. Ele é um dos melhores neurologistas deste país, Olga! Será que você não entende isso?

— Não quero entender mais nada, nem quero saber dos problemas e das promessas do Carlos — explodiu com o marido.

— Não grite! — Ele sempre era assim. Duro com ela. Como se Olga não tivesse sentimentos. Como se fosse obrigada a compreender todas as decisões que tomava sem se zangar. Arrasada, ela gritou mais alto ainda:

— E as promessas que você me fez, não contam? Só contam as que o Carlos te fez. O importante é agradá-lo e me desagradar? Pense no que você está fazendo!

— Não faça uma tempestade num copo d´água. Afinal, nós ainda vamos viajar, porém só para o resort, não poderemos ir mais para a casa de seus pais.

Como um raio, a realidade caiu partindo o coração dela. Olga entregou-se aos prantos sem tirar os olhos dele. Ao perceber que não havia sequer remorsos da parte de Marco, as emoções afloraram: saiu correndo do quarto. Precisava ficar longe dele, longe daquela indiferença ou poderia piorar a situação. Na sala, deitou-se no sofá e chorou de soluçar. Era uma manteiga derretida desde a infância, tinha uma sensibilidade à flor da pele. Não conseguia esconder ou disfarçar se não gostava de algo. Ele, inconformado com a atitude dela, veio para zombar:

— Vai começar o teatro da filhinha de papai? Ah, meu Deus do céu!

Não era a primeira vez que ele lançava sobre ela tais palavras, todavia, ela sempre desconsiderara, levara na brincadeira. Porém, desta vez doeram e doeram muito porque estavam se transformando em doce na boca de Marco e fel para sua alma. Além disso, foram proferidas num momento quando uma grande expectativa tinha sido destruída. Ela estava sonhando com aqueles dias. Uma semana no resort e outros dez dias com a família.

A rotina do casamento deles era complicada para Marco desfazer-se de tudo, de forma tão simples, como se estivesse cancelando um café da manhã. O marido não era ignorante. Sabia como considerava o Natal e o Ano-Novo: as datas eram significativas para Olga, principalmente ao lado dos parentes. A mágoa que doía a fez desistir de responder a afronta do marido.

— Estou numa fase decisiva da minha carreira. Preciso trabalhar, não tenho pai disposto a me dar dinheiro como o seu.

O discurso foi a gota que faltava, pois mais uma vez jogou na cara dela o poder financeiro de sua família. Então, respirou fundo antes de responder:

— Perdoe-me por ser filha de um homem rico — ironizou num tom moderado de voz.

— Você está me sufocando.

Surpresa com essas palavras, Olga arregalou os lindos olhos azuis. Levantou de um pulo do sofá e gritou agora completamente descontrolada. Não ia suportar mais nada calada:

— Estou te sufocando? O meu amor te sufoca? Querer ficar a sós com você, querer passar um tempo ao seu lado é aprisionamento? Eu entendi bem? Quero que me desculpe Dr. Marco Werner de Alcântara!

— Deixe de ironia. Não distorça as minhas palavras. Estou falando de cobrança. Eu preciso trabalhar. Entenda isso de uma vez por todas e me permita crescer como médico.

Quanto mais discutiam, pior ficava. Olga estava irada. Tinha vontade de começar a quebrar copos, taças... No entanto, buscou controlar-se e voltou a se jogar no sofá. O choro recomeçou. Não conseguia parar. Era como se tivesse tomado uma grande surra de cinto. Impassível, ele só se justificava atacando:

— Você podia muito bem me ajudar. Aproveitar os feriados e realizar recepções aqui para os meus amigos. Quem não convida, um dia deixa de ser convidado. Você só pensa em viajar. Você precisa entender que vai chegar a hora que vamos ter tempo para viajar, curtir...

— Com a sua ganância por trabalho acho difícil esse dia chegar — atacou entre soluços.

— Não seja exagerada. Você está insuportável hoje. Distorcendo minhas palavras...

Conformada e querendo tapar os ouvidos para não ser mais ferida, disse, limpando o rosto e agora com a voz mais comedida:

— Bem, sua decisão está tomada. Não viajamos mais. Não adianta discutir.

— Agora você está sendo sensata. — Marco fez uma pausa, como se analisasse as próximas palavras para evitar mais choro, e falou: — Olga, se você quiser, pode ir passar o Natal e o Ano-Novo na praia.

— É bom para você, né? Fica livre de quem te sufoca.

— Pelo amor de Deus! Quero te ver feliz.

— Não seria feliz lá sabendo que você está sem mim aqui. — Dizendo essas palavras, deu as costas para ele e foi para o banho. Preparou a banheira e passou horas ouvindo música. Ele bateu na porta, porém ela não respondeu. Ao sair, quase uma hora tinha se passado. Ele disse:

— Quero te pedir desculpas!

— Sem problemas — pegou um lençol e foi dormir no outro quarto.

— Olga, não faça isso.

— Não quero te sufocar.

— Não vou bater na sua porta — falou calmamente.

— Entenda. Não quero que você vá bater na minha porta. Boa noite!

Olga trancou a porta e ficou chorando, pensando, chorando, pensando e chorando... Na alma, um desejo de vingança. Naquele relacionamento, só ela sofria e estava cansada de lutar para ficarem juntos, enquanto ele só trabalhava contra, sempre desfavorável.

O choro deu lugar a uma dor crônica de tristeza infinita. Já era uma da manhã, o estômago roncou, fazendo-a lembrar de que os dois não jantaram na noite anterior. Então, levantou-se, foi até a cozinha, tomou um copo de leite e voltou para a cama. Não se atreveu a conferir se o marido dormia, sabia que sim. Nada tirava o sono dele.

No dia seguinte, ela acordou tarde, pois quando conseguiu dormir a madrugada já se fazia alta. Ela o amava demais e isso tinha que mudar. Tomava café quando a campainha tocou. Era Bia.

— O Marco me ligou. Pediu para eu vir aqui. Contou que você não estava bem. O que aconteceu?

— Não vamos viajar mais. Só para o resort. Bem, isso se até lá não aparecer um plantão para o doutor.

— Não acredito! — exclamou pegando uma xícara e se servindo de café.

— Bia, ele só pensa em trabalhar e trabalhar.

— Verdade, se ele está fazendo residência, é graças a você. Devia valorizar mais o casamento de vocês. Investir.

— Ele quer ser um médico de sucesso e em pouco tempo. Ninguém tira isso da cabeça dele. Marco me acusou de não ajudá-lo convidando os amiguinhos para recepções aqui em casa. E também me acusou de sufocá-lo. Já nem sei se ele me ama mesmo, viu?

— Não pense besteira. No telefone parecia que estava arrasado.

— Bia, ele acabou comigo. Usou palavras duras, difíceis de esquecer. Falou que minhas lágrimas são teatrais, coisas de "Patricinha", que eu sempre fui. Bia, que vontade de morrer!

Depois do desabafo, Bia convidou Olga para almoçar na casa dela e à tarde as duas levaram Vitor e Mateus para passear no shopping. Voltaram no início da noite e quando ela entrou no apartamento o telefone tocava. Sabia que era ele e não atendeu. Estava irada. Ainda bem que o plantão seria de três dias, uma oportunidade para se acalmar e tentar esquecer o que aconteceu. Não demorou muito e a campainha tocou. Era Bia com um recado de Marco.

— Amiga, estou com pena dele. Diz que liga para cá e você não atende. Pediu para eu te avisar que vem amanhã à noite. Conseguiu ser liberado dos outros plantões.

— Consciência pesada, Bia.

— Releva, então.

— Vou tentar, amiga. Obrigada pelo recado.

— Fica em paz aí. Vou cuidar dos bebês.

As palavras agressivas do marido iam e vinham em seus pensamentos. Tudo que ela fez por amor, ele recebeu como sufocamento, como atitudes de uma filhinha de papai. No dia seguinte, acordou com o som da campainha do telefone. Não se apressou em atender e por uns bons minutos ficou simplesmente contemplando o aparelho. No quinto toque atendeu.

— Alô...

— Oi, bom dia! Aqui... Estou te ligando para dizer que eu não quero que você vá para a praia sem mim. Eu sugeri aquilo porque eu sou tão arrogante que, inconscientemente, sabia que você não iria sem mim.

Olga ficou em silêncio por um tempo, depois respondeu em tom de zombaria:

— Poxa, Marco! Ainda não decidi. Estou considerando a sua sugestão. Estou pesando na balança, onde eu ficarei menos infeliz.

— Passei dos limites. Eu sei disso. Vou ficar arrasado aqui sem você, ainda mais com a família que eu tenho.

— Tudo bem. Assim que decidir o que vou fazer te comunico.

— Não seja dura, Olga. — Suspirou e prosseguiu: — A Bia te falou que vou para casa hoje?

— Sim. Ela me disse.

— Entendo que precisamos conversar.

— Quer que eu seja sincera? Estou com medo de conversar com você. A forma como você me vê é horrível.

— Quero recolocar minhas palavras.

— Tudo bem. Até a noite.

— Te amo, Olga.

Ela não respondeu e desligou o telefone. Durante o dia chegaram flores e bombons. Nada daquilo trazia alegria ao coração. Lembrou-se de que em algum lugar tinha lido que a língua tem poder de morte.

Depois do café foi para a sala e deitou-se no sofá. Ficou ali amuada, decidindo se passaria as festas de fim de ano em São Paulo. Ao concluir que ficaria muito triste em Alcobaça e não queria que os pais vissem que sofria, até porque tinham investido tanto pela felicidade dela, escolheu ficar.

Corria o risco de passar o Natal e o Ano Novo sem companhia, porque Marco só passaria algumas horas com ela se o plantão estivesse sem muita demanda. Bia iria viajar e quanto à ceia na casa do pai de Marco não suportaria a frieza tão comum da família, entretanto, teria que partir dele a decisão de ir ou não. Independentemente de qualquer mudança de planos, já sabia o que fazer: alugar uns filmes, comprar uma comida bacana e deixar na geladeira.

Marco chegou no horário que prometera. Silencioso, deu um beijo nela e foi direto para o banho. Desta vez, estava na sala e na sala ficou. Havia um nó na garganta e ela hesitava em manter um diálogo com o marido, mesmo que fosse o mais corriqueiro. No mais, não desejava ouvir as mesmas histórias, pacientes complicados, o caos dos plantões intermináveis, os problemas com os médicos prepotentes da residência. Estava estressada. Pela primeira vez, preferiria que ele não tivesse voltado para casa.

Quando ele voltou do banho, estava na cozinha dando os últimos retoques no jantar, pois a mesa já havia sido posta com antecedência.

— Quer ajuda?

— Não. Está tudo pronto. Sirva-se.

Ambos jantaram calados. Quase não provou da comida. Marco também não. O ambiente estava triste. Ao notar que Olga se levantava para arrumar a cozinha, sugeriu um acerto:

— Vamos conversar?

— Vamos deixar para lá — rebateu ela. — O que tinha para ser dito, já foi dito.

— Acho você uma grande companheira — ela deu um sorriso debochado onde se lia: "Não acredito em você!".

— Aluguei um filme. Vamos ver? — ela falou, deixando claro com a mudança de assunto que não iria falar mais sobre o acontecido.

Ele levantou-se abatido e foi para a sala preparar o vídeo. Olga ajeitou a mesa e deu uma arrumada rápida na cozinha. Ela não sabia, mas Bia tinha comentado com Marco a tristeza que ela sentia. As palavras da vizinha deixaram-no com a consciência pesada: "Poxa, Marco, Olga reclamou comigo, sim. Você chamou-a de filhinha de papai, de opressora... Nunca vi uma mulher mais apaixonada e dedicada. Sinto muito, você foi cruel. Nas suas palavras e na sua decisão de cancelar as férias que ela planejou há um ano".

Antes do início do filme, Olga informou que tinha desistido da viagem. Ele pegou nas mãos dela e falou medindo as palavras:

— Obrigado! Eu já vou ter um fim de ano trabalhando e sem você aqui seria terrível demais pra mim.

Olga não sabia o porquê, mas não acreditou nele. Por isso, não argumentou, pegou o controle remoto e deu play no vídeo. O filme começou e ambos se concentraram na história, que era muito boa. Deitados no tapete da sala de TV relaxaram, entretidos com a história. Durante todo o tempo, Marco fez afagos na esposa, segurou nas mãos dela e fez cafuné... Deu beijos esporádicos. Olga não rejeitou, mas também não se mostrou receptiva.

— Gostei do filme — comentou Marco, tencionando iniciar um diálogo e quebrar o gelo.

— Também gostei. O Al Pacino é o Al Pacino.

No momento em que fez intenção de levantar-se, ele abraçou-a, a princípio ficou estática, mas acabou rendendo-se e fizeram amor. Ao contrário das outras vezes, não havia alegria. Olga sentiu-se estranha. Quando acabou, experimentou uma sensação de alívio e pensou: "Graças a Deus".

Na sala mesmo vestiu novamente o pijama e foi para a cozinha. Ofereceu água para ele, que não aceitou. Resolveu lavar o restante das vasilhas, serviço que normalmente faria no dia seguinte. Nem notou Marco em pé na porta, observando-a certo tempo.

— Deixa isso para amanhã.

— É rapidinho. Já, já, acabo de arrumar.

— Te espero no nosso quarto, tudo bem? Promete que não vai para o outro quarto?

— Prometo.

Havia um silêncio mortal entre eles. Algo difícil de explicar. Olga enrolou ali o máximo que pode. No quarto, ele via TV. Então, pegou outro pijama e foi para o banheiro. Fazia questão de sempre deitar ao lado dele com cheiro de banho.

Os dias foram passando e pelo menos nas aparências estava tudo bem. O semblante dela voltou a ficar aberto, todavia, por dentro algo estava morto. Doeu acordar para a realidade. O príncipe que tinha idealizado em Marco não existia. Pelo contrário, era um homem com falhas e dono de um caráter forte, que olhando para trás, todas as evidências estavam lá, nos poucos anos de namoro.

No Réveillon, Marco ficou com ela na parte da tarde. Trabalhou muito no plantão noturno. Por milagre, o Natal foi todinho em casa. Como poderia ser chamado a qualquer momento, antecipadamente já tinham definido que não iriam para a ceia da família dele. Olga preparou um pequeno jantar para os dois e, mesmo sozinhos, foi reconfortante.

Dela, Marco ganhou um terno importado: um Armani. Não quis perguntar de onde tirara o dinheiro para comprar a roupa. Tinha certeza que mexera na poupança. Era mesmo pirracenta e o desafiaria enquanto pudesse.

— O meu presente é o pagamento de uma dívida. Um presente de casamento digno que você sempre mereceu.

— Marco, que lindo — o anel era mesmo uma peça diferenciada. A pedra verde-esmeralda era enorme e o ouro todo trabalhado, impossível não amar a joia.

— A partir de agora estou com você o tempo todo — afirmou isso se referindo à cor da pedra.

As férias no hotel resort foram maravilhosas, mas só acreditou que vivia tudo aquilo, dias inteiros com ele, quando estava lá. Até o último momento antes da viagem, o coração ficou apreensivo, esperando a qualquer instante um imprevisto. Foram apenas sete dias que eles aproveitaram para um acerto de diálogo.

— Não sabia que estava precisando tanto desse tempo a sós com você.

— Marco, eu te amo muito e se brigo para estar junto, eu falo disso, desse tempo para conversar, para dividir sonhos, dificuldades. Nosso casamento tem essa fraqueza.

— Eu sei.

— A gente precisa se esforçar para tirar no mínimo vinte dias de férias por ano para recarregar as baterias.

— Vou me esforçar, meu amor. Eu te prometo.

REAVALIANDO O AMOR

O amor tudo crê

Como tinha proposto em seu coração, tão logo voltou para casa, trabalhou no sentido de mudar o foco de suas atenções. Dispensou a diarista e contratou uma funcionária para cuidar da casa. A dedicação seria exclusiva à vida profissional e nada de gastar tempo com afazeres domésticos. Ambicionava trabalhar como redatora, pois o sonho de ser autora de livros estava à espera em algum lugar no seu futuro.

Com a casa sob nova direção, Olga fez uma lista das editoras e revistas que havia na capital e, depois de uma triagem, começou a visitar uma por uma. Conseguiu ser entrevistada em algumas e o destino sorriu para ela. Uma editora deu retorno e a contratou por um período de experiência. Marco não gostou muito, no entanto, não disse nada. Desde a última discussão evitava bater de frente com a esposa, pois sentiu uma diferença nela como se estivesse sem graça e os sorrisos quase sempre tristes sem brilho no olhar.

Olga entregou-se de corpo e alma ao primeiro emprego de sua carreira e apaixonou-se por aquele mundo. A vida ganhou um novo colorido. Tinha agora um objetivo: um alvo a ser alcançado. Conhecer o mundo da literatura e transformar-se numa romancista. O editor-chefe foi o seu mestre. De Walter Cunha recebeu os melhores incentivos. Ele fazia questão de ler tudo, até os primeiros ensaios feitos no período da faculdade, tenebrosos na opinião dela. Dava dicas valiosas e com o seu apoio, ela voltou a escrever, começando por pequenos contos. Pouco a pouco, ia se transformando em uma redatora de excelência.

— Olga, você tem o dom natural da escrita, o que significa que você nasceu para escrever — dizia com carinho o editor que de colega de trabalho tornou-se amigo fiel.

Marco, de certo modo, desprezava a carreira de Olga, que sofria com isso. Ele nunca demonstrava interesse em nada relacionado ao seu trabalho, nunca perguntava dos seus colegas, muito menos dos seus sonhos de ser uma romancista. Ao revelar que estava escrevendo contos, ele nem se dignou a fazer sequer uma pergunta, mesmo que fosse a mais básica. Então, pela primeira vez, ela percebeu que entre eles não havia cumplicidade. Aquilo que pensava existir e valorizava até ali. O que havia entre eles eram conversas intensas, todas sobre ele, sua vida, seus projetos, seu futuro. Assim, recriminou-se: "Como nunca tinha percebido isso!".

O contentamento de falar do trabalho era visível e naturalmente o nome de Walter vinha sempre à tona nos seus monólogos com o marido, que volta e meia expressava uma cara de desprezo. No caso de tecer algum comentário, era com deboche. Para ele, apenas a medicina merecia reconhecimento como profissão.

Conforme o tempo foi passando, surgiu uma implicância por parte de Marco. Coisinhas pequenas, detalhes, acusações contra a esposa. Uma reclamação sobre a roupa branca dele que não estava bem lavada; em outro momento, mal passada ou a falta de um suco na geladeira. Sabia que o problema não era com

Zita. A funcionária cuidava da casa maravilhosamente bem. Não poderia trocá-la por outra pessoa.

Por fim, Olga percebeu que o problema era ciúme, e foi de uma forma ruim; no dia em que resolveu sair com os colegas de trabalho após o expediente. A turma decidiu comemorar o aniversário do Walter saindo para jantar. Marco estava trabalhando, por esse motivo, Olga entendeu que não haveria impedimento em participar da comemoração.

Não eram dez da noite quando entrou na garagem do prédio e, mesmo cansada, ainda conversou um pouquinho com o porteiro. Seu Júlio reclamou que a filha pegara um resfriado e já fazia oito dias. Olga ficou de pedir ao marido uma consulta para a menina.

Acabara de jogar a bolsa e as chaves do carro em cima da mesa da cozinha e o telefone tocou. Ela nem disse "alô" e ouviu a pergunta agressiva:

— Onde você estava?

— Era aniversário do Walter e saímos para comemorar depois do trabalho.

Nem concluiu a fala e sabia que tinha se expressado de forma infeliz. Fechou os olhos e esperou mais ira por parte dele.

— Como é que é? Desde quando a minha esposa sai numa sexta-feira à noite para comemorar o aniversário de outro homem.

— Eu não estava sozinha com ele, Marco. Era a turma toda da editora.

— Boa noite, Olga! — E bateu o telefone na cara dela.

Com aquela discussão, um desânimo tomou conta dela, que se jogou no sofá da sala. Ele não ajudava em nada, não se esforçava para ser agradável quando se tratava das coisas dela, do trabalho, dos colegas. Importante era apenas a carreira dele. Ponderou sobre as atitudes de Marco desde que começara a trabalhar na editora e, então, compreendeu que toda aquela rabugice era proveniente de ciúmes. "Ai, meu Deus, o meu sábado promete!"

O sol ainda não tinha nascido no momento em que ele chegou depois de três dias ausente. Meio sonolenta, Olga que se esquecera da discussão da noite anterior cumprimentou o marido:

— Oi, querido! — Marco não respondeu indo direto para o banho. O silêncio era sempre uma arma que usava com habilidade para minar a resistência de Olga ou ainda fazê-la recuar em situações que queria manter sob o controle dele.

Assim que voltou, prosseguiu mudo e, em poucos minutos, estava dormindo afastado dela. Pacientemente, Olga esperou o marido pegar num sono profundo e o abraçou. Ansiava aplacar a raiva dele. Acordou bem mais tarde e Marco já se levantara. Usou o banheiro, trocou o pijama por um short e camiseta saindo rapidamente do quarto.

Ele estava vendo TV. Mansamente, de pé em frente à porta, ela perguntou:

— Já tomou café?

— Sim — respondeu secamente.

Olga preparou um lanche. Esquentou um pão com queijo e ficou ali na mesa da cozinha. Entre um gole de café e outro, refletia sobre o casamento deles. De como estavam indo de mal a pior. Depois de um tempo levantou-se, lavou a louça e limpou a mesa. Aos sábados, não contava com a ajuda de Zita. Como tinha folga na editora, era uma forma de recompensar a funcionária. O serviço no apartamento era muito pesado. As roupas brancas de Marco davam um trabalhão.

Precisando encarar o marido foi para a sala de TV e, calada, sentou-se no sofá ao lado dele. Normalmente, o abraçaria, no entanto, não fez isso desta vez. Somente quando terminou o programa que Marco assistia, arriscou:

— Quer conversar?

— Sobre?

— Marco, não se faça de desentendido. Você está com ciúmes do Walter e não tem razão para isso. Ele é apenas um amigo.

Intempestivamente, ele ergueu-se e despejou palavras néscias:

— Não gosto e não quero que minha mulher tenha amigos homens. Faça sua escolha. Para continuar casada comigo isso é uma imposição.

— Você está doido? O Walter é meu editor e o chefe. E se você tem ciúmes é porque sabe que enquanto esnoba a minha carreira, despreza as coisas que escrevo, ele, como amigo, me ajuda, lê e avalia os meus textos.

— Olga, a escolha é sua. Quer continuar trabalhando, quer continuar casada, a condição é essa: sem amizades masculinas.

— Você é ridículo! — disse furiosa. Deu as costas e saiu.

O relacionamento foi se desgastando aos poucos e não por causa do amigo Walter. Ela recuou na amizade e omitia detalhes comuns em dias de trabalho. Mesmo assim, umas briguinhas aqui, reclamações tolas ali, agravadas pela corrida desenfreada pelo sucesso nas carreiras, pois, se antes era somente Marco, agora ela também buscava realização profissional. O clima complicado vinha num crescente quando Olga se descobriu grávida. Há mais de um mês, desconfiava da gravidez e um temor fez com que adiasse o teste. Não era um desejo imediato do marido. Nos momentos em que o assunto era mencionado entre eles, Marco sempre dizia que era cedo por causa da carreira em ascensão.

Olga estava com o resultado havia uma semana e entendia que seria errado adiar mais a conversa, que não duvidava, provocaria um novo confronto. Naquele sábado, preparou um almoço especial com o prato preferido dele para lhe dar a notícia. Marco elogiou a decoração da mesa e, terminada a preparação do almoço, ele perguntou, abraçando a esposa por trás:

— Não é meu aniversário, nenhuma data especial. Por que isso tudo?

— Não seja ansioso. Esse papel é meu — brincou ela, pegando a tigela com o macarrão em cima do fogão e levando-a para a mesa.

Depois do susto inicial, Olga agora já acostumada com a ideia de ser mãe desejava contagiar o marido para que esse fosse um período de alegria naquela casa que andava tão obscura em todos os sentidos. Marco buscou os lábios dela e, por instantes, entregou-se ao carinho. Nunca deixaria de amar aquela boca, embora nos últimos tempos os beijos dele se tornaram escassos demais para o gosto de Olga.

— Ei, meu doutor... Já para a mesa. Agora é o almoço. A sobremesa fica para depois...

— Minha mineirinha divertida está de volta. Obrigado, Deus! — disse rindo e, ao mesmo tempo, levantando as mãos para o alto.

O almoço transcorreu tranquilamente. Na hora da sobremesa, quebraram o protocolo daquele dia especial e foram para a sala de TV. Ambos amavam estar naquele ambiente desenhado para dar conforto aos dois. Um dava sobremesa para o outro, como namoradinhos. E lógico, regado a muitos beijos longos e demorados. Ele percebeu como faziam falta, momentos como aquele e comentou com a esposa fazendo o clima esquentar. Naquela noite, Olga até colocara música como som ambiente, coisa que não fazia havia tempos. Inclusive, notara as flores naturais por toda a casa.

Dos beijos para as carícias mais ousadas... Primeiro Marco tirou o vestido dela, a seguir, a vez foi de Olga tirar a camiseta dele. Tudo como gostavam... Saboreando cada momento... Os dedos longos do marido soltaram os cabelos dela, que estavam presos num coque. Ouvir o sussurro: "Gosto deles assim..." foi bom demais. Apesar de tudo, amava aquele homem com todas as suas forças. Balançou a cabeça ao sentir as mãos quentes penetrando o couro cabeludo dela e jogou-se no tapete numa entrega completa.

Uma paz gostosa que havia muito não sentiam pairou sobre eles, que permaneceram abraçados por um tempão. Olga chegou a achar que ele tinha adormecido até que Marco balbuciou:

— Amei tudo isso.

Olga deitou em cima dele e revelou baixinho:

— Você vai ser papai!

Marco ficou paralisado e até tentou falar, mas o choque inicial fez o coração disparar.

— Fala alguma coisa — riu.

— Você está falando sério, Olga? — perguntou no tom de voz calmo, porém assustado, esperando que fosse uma brincadeira.

— Claro, querido. Nunca falei tão sério em minha vida.

— Eu sempre disse que você brincava com esse remédio.

— Marco, por favor! Não é hora disso.

— Olga, eu com essa vida desregrada, você trabalhando fora. Quem vai cuidar direito dessa criança?

Marco fez a pergunta sem alterar a voz, como se discutissem o destino de uma viagem de férias. Olga rebelou-se, levantou dos braços dele e, com voz alterada, atacou:

— Não quero discutir e não vou discutir. Deus me deu essa criança e vou cuidar dela. — Vestindo as roupas continuou falando: — Dá licença, vou dar a notícia para os meus pais. O pai dela não ficou feliz, já os avós vão morrer de alegria.

Marco também se pôs de pé. Rebateu a fala, desta vez com agressividade:

— Não coloque palavras na minha boca. É meu filho e será bem-vindo nesta casa. Eu só não queria filhos agora. Difícil você entender.

— Difícil você entender também que não tem volta. A gravidez aconteceu e não adianta mais reclamar. Ou você sugere um aborto?

— Impossível conversar com você — Marco pegou as roupas dele e saiu da sala.

♡♡♡

Pedro chegou com uma saúde de dar inveja e lindo demais. Ao ver o filho nos braços da esposa, Marco chorou de emoção. Ele não quis participar do parto. Somente entrou na sala de cirurgia nos minutos finais.

— Sou fraco quando se trata de você — disse num pedido de desculpas, olhando orgulhoso para a esposa com o filho nos braços.

— Ele é lindo, Marco. Estou apaixonada.

— Lindo demais, meu amor. Também é a minha cara — Riu com vontade, sabendo que ela o achava um presunçoso incorrigível.

À medida que ia crescendo, os traços de Pedro se definiam mesmo para o lado do pai. Aos quatro meses, era a cópia mirim. Tinha os mesmos olhos verdes e o mesmo tom castanho-claro dos cabelos. Olga se perdia no sorriso do bebê. Amava tanto o Marco que a chegada de Pedro trouxe conforto. A presença da criança amenizou a dor da ausência do marido. Nunca mais reclamou de saudade. Não tinha tempo para isso. Estava sempre envolvida com idas ao pediatra, mamadeiras e fraldas...

— Não quero o Pedro nas mãos de babá — sentenciou Marco, com o filho no colo, quando se aproximava a data da volta dela ao trabalho.

— Já estava considerando essa possibilidade. Acho melhor sair da editora. Vou investir mesmo na minha carreira de escritora. Contratei uma autora profissional para me dar um curso personalizado com aulas aqui no nosso apartamento.

— Ainda bem que pelo menos nisso pensamos da mesma forma.

— Que é isso, Marco! Está azedo hoje. Deus me livre!

— Desculpa! Estava preparado para uma briga com você. Achei que iria resistir à minha vontade e continuar no emprego. Não confio meu filho nas mãos de uma estranha.

Com exceção do curso, Olga não conseguiu investir em mais nada em relação à carreira. Pedro tomava todo o seu tempo. As idas frequentes ao pediatra foram substituídas pelas aulas de natação. Ao lado dela, a fiel amiga Bia, que também levava os gêmeos. Quando a época escolar chegou, as duas fizeram uma parceria. Uma semana Olga era a motorista e levava os três para a escola e para as atividades de esporte. Na outra semana, era Bia quem era a responsável pelas crianças. A estratégia foi o jeito que acharam de não se estressarem tanto e também de terem condições de se dedicarem a elas, como ir a um salão para fazer as unhas ou até fazer um corte novo no cabelo.

A vida de casada melhorou um pouco para Olga. Não havia mais solidão. Marco também não se sentia mais tão pressionado. Diminuíram os telefonemas dele em dias de plantão, as flores, os chocolates... Agora, ela se via mais como mãe de Pedro e menos como mulher de Marco. Não sabia se isso era bom ou ruim, mas ia levando a vida. Dele, não vinha nenhuma reclamação. O romantismo de Olga permanecia escondido no secreto do seu coração e volta e meia meditava sobre isso: "Quem sabe um dia, a gente ache um momento somente para nós!".

Pedro completou doze anos e Olga percebeu que o filho já era um rapazinho de inteligência surpreendente. Em dias solitários, amava ver e rever os álbuns de fotografias dele. Entre uma lembrança e outra, o primeiro sorriso, o primeiro caminhar, as primeiras palavras... E as emoções vinham com lágrimas. Marco achava graça e a assustava, dizendo que em breve ele iria apresentar uma garota para eles.

Com o filho crescido, veio o discernimento de que era hora de colocar os projetos pessoais de novo em pauta. Falou para o marido que ouviu calado, porém em uma semana ele lhe fez uma surpresa: deu-lhe de presente um computador completo.

— Você diz que não aposto na sua carreira. Agora você vai deixar a máquina de escrever e com o uso do computador vai ganhar tempo nos seus escritos.

Marco explicou que um técnico viria fazer as instalações e ainda iria ensiná-la a usar tosos os recursos disponíveis como imprimir os textos e a usar o correio eletrônico.

— Não tem segredo, você vai ver. Os seus pais comprando um computador, vocês vão poder se falar com mais facilidade diariamente. Lá no hospital está tudo computadorizado. Comprei um aqui pra casa e outro para o consultório.

— Obrigada, querido!

— É um presente pela mãe maravilhosa que você é.

A DECEPÇÃO

O amor tudo sofre

A POUCOS MESES DA COMEMORAÇÃO DOS dezessete anos de casamento, Olga recebeu um e-mail anônimo. Enquanto lia aquelas palavras, o coração disparava. Trêmula, chamou Bia. Por sorte, Zita tinha ido embora e não precisava vê-la naquele péssimo estado emocional. A vizinha correu para a cozinha e fez um copo com água e açúcar para Olga, que começou a chorar de tanto nervosismo.

À medida que Bia acompanhava o que estava escrito na tela do computador, balançava a cabeça.

— Não acredito nisso. O Marco é apaixonado por você — retrucou.

— Não sei, Bia. O fato de amar impede a traição? Estou apavorada, com medo de ser verdade. Estou insegura.

Após tomar a água, a amiga considerou a possibilidade da falta de veracidade do e-mail:

— Olha, me escute, hein! Não vai brigar com o Marco sem ter plena certeza de tudo. Pode ser alguém apenas fazendo intriga. Quem mandou isso tem interesse em vê-los separados. Vamos aguardar um pouco.

— Não sei se terei sangue frio pra isso.

— Aproveite que ele está viajando para um congresso e trabalhe seus sentimentos.

— Não sei o que seria de mim sem você, Bia.

— Vai terminar o seu livro. Você precisa concentrar-se. Eu busco os meninos na escola hoje.

— É a minha semana de buscá-los.

— O que me custa, amiga? Pedro e os gêmeos estudam no mesmo colégio e entre a gente não existe isso.

Dois dias depois, Marco chegou de viagem e encontrou a mulher controlada, porém com o semblante triste.

— Algum problema?

— Nenhum. Apenas dor de cabeça. Cuide do Pedro. Vou dormir mais cedo hoje.

Mesmo não sendo um costume, Olga tratá-lo com aquela frieza, Marco não questionou nada, nem mesmo quando informou que iria dormir no quarto de hóspedes.

No dia seguinte, Marco já tinha saído quando ela se levantou para levar o filho para a aula de natação. E como Bia previu, outro e-mail não demorou a ser enviado; chegou naquela manhã, desta vez, rico em detalhes de toda sujeira.

A desclassificada chega a mostrar os "peitos" para ele. Numa indecência que choca a gente por aqui. Às vezes, o Dr. Marco ri todo sem graça.

Segundo o anônimo, o flerte com a médica divorciada estava esquentando e ambos estavam no mesmo plantão naquele dia. Dizendo-se colega de trabalho dos dois, explicava que o relacionamento do casal estava no início, portanto, era hora de Olga intervir, senão perderia o marido.

Quem seria a médica divorciada? Lia e relia os e-mails buscando pistas. Vários nomes vieram à memória e seria impossível ser qualquer uma daquelas mulheres. "Que martírio, meu Deus!" Aquilo só poderia ser uma brincadeira de mau gosto. Marco era apaixonado por ela. De repente, lembrou-se de que o marido nem se importara por ela dormir longe dele na noite anterior, depois de uma semana ausente; e ainda nem ligara para saber se estava melhor da dor de cabeça.

Quis ligar para Marco, chutar o balde. Novamente, Bia a convenceu a aguardar novos correios antes de um confronto. Por fim, no dia seguinte, o nome da médica foi revelado e mais: dizia que o casal de amantes planejava uma viagem. Olga quis a morte. Não se recordara em sua existência de sentir uma dor tão forte no peito como a que sentia naquele instante. Estava até com falta de ar. Com ela, "o bandido" nunca podia viajar. Todos os anos era uma guerra para passarem míseros dias em Alcobaça com os pais dela.

Conhecia Eloá. Era do círculo de amigos deles. Em todas as festas se fazia presente. Olga apelou para a memória: uma imagem, uma palavra, uma situação que pudesse evidenciar a suspeita de um caso dela com o marido. Nunca percebera nada. Eles eram excelentes atores.

A médica era uma quarentona, portanto, mais velha que ela. Uma mulher linda. Ruiva, olhos verdes, com sardas no rosto, que eram um charme. Passava a imagem de uma pessoa recatada. Não seria possível ser a mesma pessoa descrita nos e-mails anônimos. Ou seria?

A chorona Olga não se lamentou desta vez e se abriu para a vizinha.

— Amiga, você está em choque. É isso!

— Quero chorar!

— Pois não vai chorar. Você vai ser fria e confrontá-lo.

— Ele vai negar, é claro.

— Então, o que você quer fazer? Armar um flagrante?

— Não sei, Bia. Ela é o tipo de pessoa com quem ele deveria ter se casado. Linda e da mesma área dele. Iriam se entender melhor por causa de tantas ausências motivadas por trabalho. Eu pego no pé dele. Cobro presença. Melhorei um pouco com a chegada de Pedro, porém, continuo chata.

— Olga, pare de se martirizar. Você o ama. É só isso! Quem ama quer ficar junto.

— Já fui a festas na casa dela. Uma anfitriã perfeita, o que ele ambicionava que eu fosse.

— Daqui a pouco você vai querer entregar o Marco numa bandeja de prata pra ela. Deixe de bobagem. Você também é uma excelente anfitriã. O que você não faz é dar festas todos os meses. Mas, quando você dá, você arrasa. Pare de menosprezar-se.

O plantão de Marco terminava na manhã seguinte. Olga ainda não sabia o que fazer. Estava arrasada, porque acreditava no e-mail. Quem seria capaz de fazer uma maldade daquela se não fosse verdade?

Desde o primeiro contato não conseguiu fazer mais nada, nem escrever uma linha no seu livro. Uma ansiedade tomou conta de sua alma, a fome desapareceu e o sono também. Precisou de calmante para conseguir dormir relaxadamente.

A mente fantasiava Marco com a outra nas piores situações possíveis, o que para um coração apaixonado era uma aflição. Estava num desses momentos de angústia quando o telefone tocou. Era ele informando que ficaria mais três dias de plantão fazendo um favor para um amigo.

— Marco, você vai ficar praticamente uma semana fora de casa — afirmou.

— Vou tentar conseguir alguém para me cobrir amanhã ou depois, só que está muito em cima da hora. Pelo menos amanhã de manhã vou precisar trabalhar.

Notando intensidade na postura dele diante de tanto trabalho, arriscou:

— Você está muito animado para quem está na lida por três dias, Marco. Devo deduzir que os plantões estão tranquilos?

Havia mordacidade na fala dela, e ele fez um breve silêncio, segurou-se e, em segundos, disse calmamente:

— Você sabe, já me acostumei a essa vida. Tudo bem com você? Estou te sentindo ressentida.

Sem responder o questionamento, soltou outra pergunta tentando surpreender o marido:

— Está com saudades de mim?

Outra vez Marco fez um breve silêncio antes de dizer:

— Claro, meu amor, e eu te ligo na primeira folga aqui.

Em segundos, lágrimas caíram dos olhos dela. A conversa entre eles confirmou ao coração que algo estava errado. Mulheres têm sexto sentido para essas coisas. Decidiu que no dia seguinte faria uma visita ao marido no hospital.

A tensão era tanta que a cada hora conferia a caixa postal na esperança de novos e-mails anônimos. Não conseguia pensar em mais nada e estava neurótica; a cabeça doía num tormento sem fim. Enquanto não esclarecesse aquilo tudo, para o bem ou para o mal, não teria paz.

Quando já tinha conferido o correio eletrônico uma centena de vezes, finalmente estava lá o que temia. O que a mente fantasiava veio à existência. Os dois seguiriam no dia seguinte para o Guarujá. Pela primeira vez, Olga comunicou-se com o anônimo e pediu o endereço de onde Marco ficaria com Eloá.

Bia ainda tentou convencer Olga a desistir do flagrante, todavia, ela estava implacável na decisão que tinha tomado. Foram três semanas angustiantes com aquela neurose de e-mails anônimos, de suspeitas do que era verdade, do que era mentira. O instinto dela dizia que era verdade, mas queria sentir na pele, doesse o que tivesse de doer... Só assim desistiria daquele casamento de uma vez por todas. O que o olho vê, o coração sente e reage. Gostaria de sentir tudo para doer muito. Nunca daria a ele a oportunidade de negar, uma vez que é o que aconteceria se não visse com os próprios olhos.

Olga deixou Pedro com Bia e seguiu de carro para o litoral paulista, determinando, naquele dia, o fim daquela angústia. Ledo engano, mal sabia que estava apenas começando um período de trevas. A impaciência estava entranhada. A viagem foi demorada por causa do trânsito. Havia um sentimento de urgência de desesperar. Temia contratempos. Almejava chegar logo!

Somente ao deparar com o prédio luxuoso, localizado de frente para o mar, que se acalmou. Num ponto estratégico, estacionou o carro e ficou esperando... Esperando e imaginando o marido lá, no apartamento, aos beijos e abraços com outra mulher. Porque ou ele estava lá dentro ou estava na praia. De qualquer modo, naquela calçada, os dois teriam de passar. Permaneceria plantada ali até o casal resolver dar as caras.

Ela sabia que era pretensioso demais para sequer conjecturar a presença dela no Guarujá. Nesse ponto, poderia ficar tranquila e deixar a Mercedes por ali. Ele nem devia ter ligado para casa. Confiava piamente na babaca que era ela.

Depois de horas se envenenando com pensamentos tenebrosos, a ruiva apontou de mãos dadas com o marido. "Ora, ora, os pombinhos estavam mesmo era no apartamento." Falou para si mesma com a voz rouca, destilando ódio.

À medida que eles caminhavam rumo à praia, o coração dela começou a bater tão rápido que parecia que ia saltar do peito. As pernas, as mãos começaram a tremer violentamente. "Meu Deus! Estou passando mal!"

Começou a chorar assustada com a própria reação, respirou fundo várias vezes e, enquanto as lágrimas rolavam, procurava controlar-se por meio da respiração. Repetia em voz alta como num ato de fé: "Sou forte! Suporto qualquer coisa". "Sou forte! Suporto qualquer coisa". "Sou forte! Suporto qualquer coisa".

Passados alguns minutos, ainda não recuperada, porém um pouco mais controlada, Olga saiu do carro e, de longe, começou a seguir Marco e Eloá. Manteve uma distância segura. Os dois caminhavam à beira da praia de mãos dadas, como namorados.

Não iria revelar-se de imediato. Na verdade, nem sabia o que iria fazer. A única certeza, naquele instante, é de que nunca mais ficariam juntos. Usaria aquelas imagens como um arquivo morto e as resgataria todas as vezes que o coração ousasse sentir saudades daquele ordinário.

Olga, que poderia ter interrompido tudo num minuto, martirizou-se, fazendo questão de testemunhar cada gesto da cena que acontecia ali, ao vivo e em cores. Aspirava saber até onde podia ir um adúltero que se dizia apaixonado pela esposa. Viu-o beijando Eloá no rosto, fazendo afagos nela com toques no rosto e nos cabelos. Assistiu o cuidado com a amante no momento em que se sentou na areia e antes ofereceu um lugar colado ao dele. Marco podia ser arrogante, algo tão natural em sua personalidade, mas se havia interesse, tornava-se um galã, sabia ser encantador.

Olga quis morrer no minuto em que Eloá levantou-se e se ofereceu sensualmente passando protetor pelo corpo do marido, esfregando-se nele. Exclamou a sua alma: "Jesus, que dor no peito!". Quantas mulheres viveram desastres como esses e sofreram como estava sofrendo. Milhares e milhares sentindo aquela mesma dor. Ficou pensando e tendo pena delas, como sentia pena de si mesma.

Estava num bar não tão distante, entretanto, a visão sobre eles era perfeita. Observou as mãos de Marco sedutoras passando protetor solar nela. Viu-a sorrindo, enfeitiçada por ele. A tortura continuava... Marco pegou a amante pela mão e juntos correram pela praia. Ele, numa sunga branca, que ela não conhecia. Ela, num biquíni vermelho, que escondia muito pouco.

Ambos foram para o mar onde ficaram se divertindo nas águas como adolescentes; onde se permitiram beijos escandalosos.

Amantes descompromissados num dia de semana, completamente apaixonados... Dignos de inveja... Pelo menos é o que a cena sugeria para os poucos espectadores da praia.

Certo tempo se passou e ambos voltaram para a areia, onde comeram e beberam, o que tinham trazido do apartamento... Tudo regado a muito beijo e abraço. Olga ainda estava na jarra de suco que nem chegara à metade.

— A senhora quer gelo? O suco da senhora já deve "tá" quente.

— Hum, desculpe, eu não ouvi você. — O jovem garçom repetiu a pergunta e Olga balançou a cabeça afirmativamente.

— A senhora está bem? — indagou o rapaz ao regressar com o gelo. — Não quer comer alguma coisa?

— Não, obrigada. Pode trazer a conta. — Ela sabia que pela quantidade de tempo que os dois estavam na praia, já deviam estar fazendo planos de retornar ao apartamento, e ela precisava estar preparada.

Sem desviar os olhos deles, tentou tomar um pouco do suco. Não conseguiu. A garganta estava travada. Não descia nada. Quando os dois se levantaram, ainda não sabia o que iria fazer. Ergueu o rosto para o céu e clamou uma ajuda muda em forma de suspiro. O bar ficava próximo ao prédio onde o casal estava hospedado, então, ambos teriam de passar por ali. O cérebro começou a trabalhar rapidamente. Duas vozes gritavam dentro dela. Uma queria agredi-lo, arranhar aquele rosto até sangrar, dar muros, pontapés... Outra dizia: "Dá uma surra nela! É uma vagabunda!". Olga não fez nem uma coisa, nem outra. Ao notar que vinham em direção ao bar, sem sentir, sem ter nada premeditado, como um autômato, se pôs bem na frente deles, de forma que seria impossível não vê-la.

Ali, cara a cara com o casal, viu seu mundo desabar. Sabia que era o fim. Marco a viu primeiro. Estagnou na hora. De óculos escuros, naquela sunga branca, "seria um presente dela?"; estava maravilhosamente lindo. Visivelmente ficou chocado. Como por instinto soltou as mãos de Eloá que, diante da reação brusca do amante, assustou-se e, então, a viu. Sentindo-se a protagonista de uma novela das oito foi seguindo na direção deles. Não correu, caminhou como se estivesse passeando e somente parou quando estava bem próxima. Encarou Marco e Eloá com um porte de nobreza. Uma dignidade única constatada num olhar brilhante, poderoso onde se lia: "Não vou me rebaixar ao nível de vocês. Não precisam se preocupar". Achou que ia desmaiar. Não desmaiou. Uma força surgiu do seu ser interior. Ainda ouviu dele, um sussurro de um "posso explicar". Olga falou calmamente, num tom baixo como se estivesse dopada:

— Não precisa explicar nada. Está tudo aqui. — E apontou para a cabeça e para os olhos dela, completando: — Ninguém me contou. Eu vi tudo.

A fala com os dentes cerrados demonstrava uma ira contida. Imediatamente, Olga deu as costas para os dois e, apressando o passo, ainda o ouviu dizer:

— Meu Deus, o que foi que eu fiz? — Ao escutar tais palavras, Olga acelerou ainda mais e seguiu quase correndo rumo a Mercedes. O desejo era de não vê-lo nunca mais.

Passado o choque inicial, Marco correu atrás dela. Desejava explicar-lhe. Não queria que Olga regressasse para casa, abalada como estava. A esposa estava branca, com o rosto encovado, lhe parecera que não se alimentava havia dias. Quanto ela tinha visto? Ao alcançar a porta do prédio, viu Olga arrancar com o carro. Em minutos, Eloá aproximou-se e, vendo o desespero dele, calou-se.

— O que será que ela viu?

— Infelizmente, tudo. Nem sei o que dizer. O rapaz do bar me disse que ela nem tomou o suco de laranja que comprou.

Marco não esperou Eloá terminar, correu até o bar e despejou uma pergunta atrás da outra para o jovem rapaz. Ele, inocentemente, começou a descrever tudo, até porque a moça lhe chamara a atenção por causa da tristeza no olhar.

— Ela ficou um tempão ali — apontou para a cadeira que Marco constatou como local ideal para assistir de camarote o flerte dele com Eloá. O garçom continuou: — Eu vi que não estava bem, pois tremia muito. Perguntei se precisava de algo. Ela disse que não e pediu a conta. Comprou uma jarra de suco, mas não tomou nem um copo.

Atentando para Eloá, informou:

— Preciso voltar para São Paulo agora. Estou perdido!

Olga foi para um hotel. Não podia pegar estrada naquele caos emocional em que se encontrava. No quarto, ligou para Bia.

— Bia, é tudo verdade. Peguei Marco com Eloá aos beijos e abraços. Estão apaixonados!

— Não acredito!

— Pois pode acreditar! O príncipe que você tanto admira é um sapo, amiga.

— Meu Deus do céu. Onde você está e o que vai fazer?

— Ainda não sei. Preciso pensar. Não volto hoje. Pode cuidar do Pedro pra mim? Inventa uma desculpa boa pra ele.

— Você sabe que o Marco já deve estar chegando por aqui. Ele vai me encher de perguntas.

— Diga o que você sabe. Não precisa esconder-lhe nada. Pode entregar o Pedro a ele. Não sei quando retorno. Preciso de um tempo.

— Querida, fique os dias que precisar. Não se preocupe com o Pedro, já está grandinho. Tem treze anos e sabe se cuidar. Não me dá trabalho nenhum. Cuido dele pra você. Mas, por favor, vai dando notícias.

Olga ficou no hotel uma semana. Saiu apenas para comprar dois pares de roupa. Tomava café, almoçava e jantava no quarto. Queria pensar! Considerar os prós e os contras de uma separação. Não soltou nem uma lágrima até que veio à memória a imagem do filho tão lindo, tão dócil. Então, chorou muito. Pedro iria sofrer horrores por causa da ausência do pai, a quem tinha em alta consideração. Marco era um ídolo para o garoto, que iria aprender desde cedo que na vida existem perdas, muitas delas irreparáveis.

Quando todas as decisões estavam tomadas e sabia tudo o que precisava ser feito, resolveu regressar. Ao chegar ao condomínio, foi direto para o apartamento da amiga. As duas se abraçaram e Olga desatou em lágrimas. A choradeira entre as duas foi muita. Bia também se abalou com toda a situação.

— O Pedro ficou aqui comigo. O Marco veio vê-lo, no entanto, preferiu que ficasse aqui.

— Ele foi à escola todos os dias?

— Sim, ele é bonzinho demais. Você quer buscá-lo hoje?

— Não sei. Vou ver como vão ficar as coisas lá em casa.

— Olga, o Marco está irreconhecível. Não foi trabalhar nem um dia esperando você. Agora está lá. Prepare-se.

— Estou preparada, e como estou! — disse resoluta.

— Nunca mais acredito em nada nesta vida. Se o seu casamento acabou, o de ninguém mais é seguro. Sinto tanto!

As duas se abraçaram novamente, Olga enxugou as lágrimas e saiu.

Na porta do apartamento, sussurrou uma oração: "Deus não me deixe chorar. Por favor, me dê forças!". Tentou abrir a porta, contudo, as trancas internas estavam travadas. Apertou a campainha e, em instantes, Marco apareceu. Pela rapidez, entendeu que a portaria o tinha avisado de que ela estava no condomínio. Os dois se contemplaram sem dizer palavra alguma. Cada um antecipando pensamentos, preparando falas e argumentos. Marco notou o brilho de um choro recente no olhar da esposa. Branca demais, qualquer choro a denunciava. Os lábios num batom cor-de-rosa claríssimo percebiam-se trêmulos. Achou-a ainda mais linda no vestido branco. Em seu íntimo levantava argumentos que pudessem convencê-la que havia muito, o que prevalecer entre eles. Olga, entrando na sala de estar, quebrou o silêncio:

— Por que você abriu a porta? Onde está a Zita?

— Dei uma semana de férias pra ela. Está com o irmão doente.

— Entendo.

Olga jogou a bolsa no sofá e virou-se para Marco. Reconheceu o semblante caído de derrota, a bermuda e a camiseta em tecidos amassados, a barba por fazer e uma aparência mais magra. Lia-se na face dele: "desespero", pois sabia que estava à beira do abismo e somente por um milagre não perderia o amor da sua vida. Por um ato impensado, por minutos de prazer destruíra o seu casamento.

— Você ficou uma semana fora. Onde estava? — a pergunta feita sem agressividade foi uma desculpa para iniciar um diálogo.

— Bia te disse que eu estava num hotel tomando decisões sobre a minha vida. O que ela não falou é que eu esperava que você tivesse a hombridade de sair deste apartamento sem que eu precisasse pedir.

— Não vou te perder, Olga.

— Você já me perdeu, Marco.

— Perdoe-me! Fui um idiota e me deixei seduzir.

— A Eloá vai ser uma boa esposa. Vocês têm "química". Deu pra ver naquela praia. Na verdade, ela é tudo o que você precisa.

— Cale a boca! — gritou. — Não fale este nome dentro deste apartamento. A única mulher que me interessa é você.

— Marco, se eu não estivesse tão quebrada, eu sentaria no chão desta sala aqui agora e cairia na gargalhada. Você mudou muito em uma semana. Há sete dias não fazia questão de mim, nem do nosso casamento.

— Não sei o que me fez fazer aquilo.

— Aquilo tem nome Marco: adultério! — Caminhando pela sala, não querendo encará-lo para não sentir pena, continuou no discurso intempestivo: — Eu só queria saber quantas vezes aconteceu. Queria saber das mentiras. Dos plantões fantasiosos, mas sei que nunca saberei. Não da sua boca.

— Eu juro que nunca houve um plantão fantasioso. A única vez, você descobriu. Aquela mulher entrou no meu caminho como um laço. Não percebi que estava sendo levado.

Pondo as mãos nos ouvidos, porque doía ouvir detalhes da boca dele, disse em tom baixo, porém forte:

— Poupe-me dos detalhes sujos de uma realidade que me enoja. Eu te dou uma semana para você tirar o que é seu daqui ou vou chamar um caminhão, colocar suas coisas dentro dele e dar ordens para jogar tudo no rio mais próximo. Caso você não possa ir para um hotel ou para a casa da sua "amiga", eu saio daqui até que você desocupe.

— Olga, não faça isso! — clamou.

— Vou passar os próximos dez dias com o meu filho, pois estou com muita saudade dele. Depois, vou procurar um advogado, então, arrume o seu. Quero o divórcio!

— Por favor, me dê uma chance.

— Marco, olhe bem para os meus olhos azuis que você jurou amar um dia. Nunca mais você vai vê-los, pois se eu souber que você está em algum lugar, eu não estarei lá. Pode acreditar nisso! O dia que você quiser ver o Pedro, você vai ligar para ele e marcar. Ele vai te esperar lá embaixo na portaria.

— Você está jogando quase dezessete anos fora por um único erro da minha parte.

— Não foi um único erro, foi o erro. Um erro imperdoável — riu cínica antes de continuar: — Engraçado, agora tantos anos se tornaram significativos para você? Ironia da vida, viu? Pois, se bem me recordo, houve plantão do doutor no nosso último aniversário de casamento, provavelmente ao lado da ruiva trazida por Satanás.

— Pare com isso, Olga!

— E se não me falha a memória, esse casamento é tão importante pra você que nem tivemos lua de mel digna — debochou.

Marco aproximou-se fazendo menção de tocá-la:

— Não me toque! — gritou, pondo as mãos em volta do corpo como se buscasse proteção contra o contato dele.

— Olga, por favor, vamos tentar consertar, se não der certo, a gente se separa. Não tome nenhuma decisão precipitada. Eu prometo ficar mais tempo em casa.

— Só quero ver os seus lindos olhos verdes agora na mesa do juiz ao lado dos nossos advogados.

Olga falou tão pausadamente e com tanto veneno que ele perdeu o controle e a agarrou pelos cabelos. Furiosamente, colou a boca na dela:

— Meus olhos são lindos mesmo, e a minha boca? Vai conseguir ficar sem os meus beijos?

— Seu arrogante! Tire essas mãos sujas de mim.

— Não vou perder você!

Um riso de escárnio se desenhou no rosto de Olga e aquele gesto foi o estopim para uma reação violenta de Marco. Ele estava preparado para perder no trabalho, não na vida particular, e demonstrou isso atacando a esposa de forma vil. O vestido lindo que tinha comprado na praia foi destruído pela fúria do marido, que começou a beijá-la na boca, no pescoço, com tanta sofreguidão que a machucava.

— Você é minha! Entenda isso.

Pretensioso se achava o máximo, o irresistível. Quase nunca se rebaixava para ela. Aquela conversa estava sendo um suplício para o ego dele. Apesar disso, estava surpresa com a reação abusiva. Ficou tão aturdida que nem conseguiu revidar. Como último argumento apelou:

— Vai se rebaixar a tanto, Marco. Obrigar uma mulher a fazer sexo com você?

— Você vai querer, quer apostar? — em sua mente, estava claro. O que ele não conseguira por meio de palavras, conquistaria apostando as suas últimas fichas no seu poder de sedução.

Audacioso, pegou-a no colo e levou-a para o quarto. Ela ainda se esforçou para se libertar, se soltar das garras dele; o que era impossível. Olga implorou:

— Por favor, Marco! Não me faça ter mais ódio de você.

Cego e surdo como estava, jogou-a naquela cama que vivenciara tantas emoções e ainda seria palco de um "gran finale" da história de amor deles. Marco, como um homem primitivo, sem pensar nela, entregava-se à paixão. Tirou a camiseta antes de reiniciar as carícias e os beijos possessivos. Revoltado com a resistência dela, arrancou as peças íntimas sem qualquer cuidado e lambeu as lágrimas do rosto da mulher num carinho erótico. Ao sentir Olga mais cordata, mudou o desempenho. O ataque furioso deu espaço para sussurros no ouvido da esposa inerte. Doces frases soltas apaixonadas, entremeadas de toques leves, perturbadores... Uma cena novelesca.

Os dezessete anos de casamento não conseguiram destruir dentro dela o desejo pelos carinhos dele... A delícia daquela boca era a sua perdição... E o marido sabia disso! Com a mente dividida, recordou-se da prima Nice que lhe disse certa vez: "Posso estar com ódio do Beto quando ele quer sexo, mas não me faço de rogada, parto para cima. Penso em mim, em meu desejo. Ele acredita que está vencendo e eu simplesmente o estou usando para o meu bel-prazer".

A tortura mental, pouco a pouco, foi sendo vencida e ela descobriu-se paralisada, como se toda a sua força tivesse sido drenada por aqueles toques insanos. Como o corpo a traía, desejando aquele manjar oferecido por Marco, Olga rendeu-se, não sem antes buscar argumentos e se convencer de que naquela batalha seria a vencedora. Assim pensou: "Um ato de despedida. O sexo do adeus". Ousou em todos os sentidos repudiando a timidez numa entrega de corpo e alma. No auge da redenção, os olhares se cruzaram, denunciando que o amor tão colorido se transformara em tons secos: preto e branco. "Ele jamais vai se esquecer deste dia. Esta é a minha vingança!"

— Você se superou! — murmurou ao sair de cima dela e se jogar para o lado, porém, agarrou a mão da esposa numa atitude de posse.

Silenciosa, Olga ouviu o marido, não repudiou a mão, esperou o coração voltar ao ritmo normal e, como uma navalha corta para ferir, soltou palavras duras:

— É esse sexo de mulher vagabunda que ela te deu? Se isso te fazia falta era só ter pedido, meu querido. Não precisava ir ciscar em outro terreiro.

— Cale a boca! — gritou ele, levantando-se imediatamente da cama.

Nua e sem se importar, com o corpo todo marcado pela violência sofrida, ela também se levantou e o encarou. A ira fazia o tom azul dos olhos dela escurecer ainda mais.

— Meu amor, o que você recebeu hoje foi uma lembrança minha para guardar. Todas as vezes que você estiver na cama com uma mulher, lembre-se de que eu estarei em outra, com outro homem, oferecendo o o mesmo que te ofereci hoje.

As palavras agrediram o famoso, renomado e arrogante doutor Marco, que, descontrolado, bateu na cara dela. Dois tapas seguidos e violentos. O furor foi tanto que Olga se desiquilibrou e caiu na cama.

— Ouse dormir com outro homem e eu mato você!

Com as mãos no rosto, ela começou a chorar descontroladamente.

— Fora da minha casa! Fora da minha casa! Volte aqui e chamo a polícia. E aí você vai ver a sua fama, a sua carreira, que custou o nosso casamento, ir para o esgoto.

Buscando ficar calmo, respirando fundo, Marco se deu conta de que tinha ido longe demais. Irada, Olga viu lágrimas escorrendo na face dele. Marco chorava copiosamente sem tirar os olhos da esposa, sem tirar os olhos das marcas no rosto e no corpo dela. Estava paralisado. Então, balbuciou passando as mãos nos cabelos: "Meu Deus, estou louco!".

Olga percebeu que finalmente o marido tinha caído em si de que tudo havia terminado. Lágrimas abundantes saltaram dos olhos azuis, porque lutara tanto por ele e perdera feio numa vida injusta de se viver. Marco chorava, porque a mente clareava e revelava que ao lado dela deixara de realizar tantos sonhos da juventude. Chorava, porque a amava com todas as forças e sabia que era amado. Chorava, porque jamais receberia o seu perdão.

Mesmo chorando, Marco começou a se vestir sem pressa, pegou umas peças de roupa e seguiu para o banheiro, separando objetos de higiene pessoal. Na volta para o quarto, com uma mochila pronta nas mãos, analisou Olga sentada na cama, com uma das pernas dobradas, completamente nua. Como se fosse uma estátua grega, ela mantinha-se ereta. A face estava endurecida e nenhum músculo se mexia. Ele sabia que a mulher estava anestesiada, pois em outra situação buscaria cobrir-se, no entanto, naquele momento, a nudez era apenas um detalhe.

— Vou para um hotel até arranjar um apartamento.

— Não precisa dar satisfações.

— Preciso, sim. Temos um filho juntos. Assim que estiver hospedado te ligo e informo onde estou, caso o Pedro precise de algo, pois sei que você não precisa mais de mim.

— Vou viajar com o Pedro amanhã e devo ficar fora por um tempo. Gostaria que nesse período você tirasse tudo o que é seu daqui. Ah, e sobre as fotos nossas vou colocar todas, inclusive o nosso álbum de casamento, em uma caixa para o Pedro. Se você quiser ficar com elas, vou deixar aqui no quarto, senão vou levar para a casa de praia dos meus pais. Vou deixar para o Pedro como recordação dos pais dele.

Enquanto falava, Marco admirava a nudez daquela mulher maravilhosa de trinta e oito anos. Ele sabia que era um olhar de despedida, por esse motivo se demorava ali. Na alma, se desesperava: "Qual foi o ponto na vida deles que tudo começou a ruir? Como não percebeu que tudo estava se perdendo? Que tudo estava ficando triste, que tudo estava perdendo o brilho por causa dos afazeres da vida?".

— Ah, outra coisa, esse quadro aí, vai para o lixo — disse apontando para o quadro com as duas flores desidratadas do casamento secreto deles em Guaratiba.

Depois de examinar o quadro visivelmente emocionado, ele concluiu:

— Pode colocar na caixa de fotos. Vou levar tudo comigo.

— Tudo bem.

Marco não saiu, permaneceu imóvel na porta do quarto. Subitamente, desejava dizer que morreria sem ela, que ali naquela cama, nunca estivera tão linda, mesmo com o rosto marcado pela dureza das mãos dele. Os olhos azuis num tom de violeta nem piscavam, não havia mais pranto ali, os cabelos caíam em cascatas displicentes e os lábios carnudos tremiam inchados, e ele sabia: tinha gosto de mar... Antes de bater a porta e sair, pensou: "Meu Deus, eu sou um monstro! Agora posso entender um assassino passional".

No dia seguinte, Olga chamou Bia pelo interfone do condomínio. A vizinha veio curiosa para saber o resultado da conversa com Marco. Não tinha nem ligado no dia anterior, na esperança de uma reconciliação do casal, contudo, ao bater os olhos em Olga gritou:

—Meu Deus do céu! Meu Deus do céu! — Tocando o rosto da amiga e analisando as marcas de perto, continuou escandalosamente: — Você tinha de ter chamado a polícia.

— Bia, ele ficou desesperado e é um arrogante por natureza. Foi duro perder a princesa encantada que estava sempre aqui à disposição.

— Não aceito a separação de vocês e me recuso a acreditar que isso está acontecendo. Nunca vi um amor tão lindo acabar desse modo — desabafou já com os olhos marejados.

— E acabou mesmo! Pode ter certeza disso. Olha, preciso que você fique com o Pedro para mim por causa do meu rosto e preciso fazer uma arrumação aqui em casa. Tenho que separar umas coisas e vou demorar. Amanhã viajo com ele. Por favor, avise na escola que ele vai perder duas semanas de aula.

— Vou sentir saudades de vocês.

— Preciso sair daqui um pouco. Vou conversar com o Pedro longe deste apartamento.

— Você está certa! Ele é doido pelo pai. Vai sofrer muito.

No dia seguinte, Olga deu uns telefonemas. Um deles para os pais. Não quis dizer nada sobre a separação, porquanto não ignorava que ficariam imensamente tristes. O pai e a mãe consideravam Marco um exemplo de marido. Explicou que iria tirar férias com o Pedro e eles nem estranharam a ausência de Marco. Deduziam automaticamente que não iria pelo motivo de sempre: trabalho. Também ligou para Zita e lhe deu mais uma semana de folga.

Logo depois, começou a fazer a limpeza na casa. Todos os porta-retratos, todas as fotos que tinha ao lado dele, todos os álbuns e o quadro com as flores foram colocados numa caixa de papelão. A seleção demorou horas. Enfim, pôs a caixa em cima da cama e, num envelope, deixou o anel de esmeralda e a aliança. Naquela noite, iria dormir no quarto de Pedro.

O telefone tocou e ela não quis atender. Sabia que era ele. Quando caiu na secretária, ouviu a voz forte que tanta apreciara um dia. Disse onde estava, deixou o número do telefone e informou que iria pegar as coisas em três dias.

Revelar ao filho sobre a separação foi a pior parte de todo o drama, por esse motivo, fez uma introdução dizendo que amava o pai para, então, anunciar o fim do relacionamento e o que essa nova situação acarretaria na vida da família. Os dois estavam deitados na cama do hotel e era fim do dia. Ainda iriam descer para o jantar quando Olga explicou o que mudaria dali para frente.

— Querido, o Marco continua sendo seu pai. Você vai vê-lo sempre que puder e quiser. Ele apenas não vai mais morar na mesma casa que a gente.

Com os olhos brilhantes, querendo chorar, Pedro quis saber o motivo:

— O que aconteceu?

— Filho, há uns anos, eu e seu pai estamos caminhando em direções opostas e um casal precisa seguir numa mesma estrada.

A princípio, ele chorou nos braços da mãe, mas aceitou o carinho, os gracejos de que "vai dar tudo certo"; de que "você vai se acostumar", por fim, afastou-se do colo de Olga e a surpreendeu:

— Vocês não poderiam andar numa mesma estrada?

— Sim, querido, mas para isso os dois precisam querer.

— Quer que eu fale para o meu pai vir para a estrada que a senhora está? — o tom humilde arrebentou o coração dela. Quis chorar. Com a voz embargada, ela buscou palavras consoladoras para mostrar ao filho a nova realidade deles:

— Não adianta, filho. Gente grande é difícil de perceber certas coisas.

— Eu sei que a senhora queria ele mais perto da gente. Quando crescer, não quero ser médico.

Pedro foi enfático e novamente a surpreendeu. Ela, que sempre pensara que o protegera de tudo, evitava reclamar com Marco na presença dele, percebeu que de nada adiantara. A aversão a medicina era o primeiro sinal de que o garoto também saía marcado daquela separação. Sentiu que era hora de mudar de assunto, por essa razão, deixando a cama, disse alegremente:

— Vamos esquecer isso? Vamos descer para jantar e depois tomar sorvete?

Após dez dias passeando com o filho, não podia adiar mais o retorno à vida. Pedro precisava voltar às aulas e ela, ressurgir das cinzas para ter ânimo e pôr a mão na massa, e quem sabe tornar-se uma escritora de verdade. Bia comemorou o regresso da amiga com abraços apertados.

— Como você me fez falta! Mateus e Vitor também sentiram a ausência de Pedro.

— O Pedro também estava doido para voltar. Não quis nem tomar um banho e correu pra sua casa.

— Tudo bem com você, amiga? — perguntou Bia, perscrutando o semblante de Olga.

— Sim, indo... Agora, com a rotina é que penso que vai ser difícil, principalmente para o Pedro.

— E o Marco?

— O Dr. Marco é carta fora do baralho. Amanhã vou procurar um advogado. E ainda tenho de contar para os meus pais, Bia. Até agora eles não sabem de nada.

— Quando pretende fazer isso?

— Amanhã — falou pesarosa.

— Vai contar como tudo aconteceu?

— De jeito nenhum. Eles gostam demais do Marco. A decepção seria muito grande. Vou dizer que não quero mais e que o Marco também já tem outra pessoa.

Como era de se esperar, os pais vieram ver de perto o que acontecia. Não questionaram nada, até porque Olga já tinha contado o que se passara pelo telefone. Os pais compreendiam que havia mais do que foi dito e optaram por respeitar o silêncio da filha. Eram assim... Entretanto, com a presença física, diziam, sem palavras, que estavam ali ao lado dela para "o que der e vier". Olga os amava demais! Não poderia ter uma família melhor. O apoio velado a manteve firme e no instante em que ambos partiram, ela se sentiu vitoriosa por não ter chorado, não ter se lamentado. Não desejava entristecê-los, uma das razões de não mostrar fraqueza diante deles.

O neto, sim, reclamou muito, pois somente havia visto o pai três vezes em dois meses. Marco ligava sempre, mas porque ainda morava num hotel não tinha como ficar sequer um fim de semana com o menino. Pedro deixou escapar para os avós que

Marco comprara um apartamento e estava na fase de reformas. Logo tudo ficasse pronto, poderia dormir com ele nos dias de folga no trabalho.

Três meses tinham se passado desde o dia terrível no Guarujá e o humor de Olga variava; as emoções eram instáveis. Tinha momentos depressivos quando chorava por qualquer coisa ou dormia o tempo todo. Zita tentava ajudar, fazendo almoço especial, sobremesa preferida, café italiano... Tudo o que ela apreciava. Pouco adiantava, Olga se prostrava e, muitas vezes, somente se reerguia ao ler os salmos de Davi, um socorro de Deus que ficava no criado-mudo do lado cama. Naquelas expressões de consolo encontrava estímulos para prosseguir. O trecho preferido conhecia de cor e sempre recitava em espírito, o que funcionava trazendo alívio, em tempos mais nebulosos. *"Ainda que eu ande no vale da sombra da morte não temerei mal algum."*

Em outros dias, mostrava-se feliz, esperançosa e corria para eventos literários, onde conquistou a amizade de escritores, graças ao amigo Walter. Influenciada e recebendo todo o tipo de incentivo por parte dos novos conhecidos, finalmente começou a escrever algumas ideias para romances. No trabalho, refugiava-se e conseguia escapar do martírio mental, o qual se entregara.

Naquela tarde, Olga saíra de casa com dois objetivos: cortar o cabelo, pois vida nova pedia cara nova e também compras no *shopping*. Estava redecorando o apartamento, trocando as cores das paredes, os quadros, a disposição dos móveis e toda a roupa de cama. Iria manter apenas algumas peças.

Admirava um vestido em uma vitrine quando alguém a chamou. Virou e viu Eloá. Como aquela mulher tinha a audácia de lhe dirigir a palavra? Era uma petulante mesmo. Os olhos azuis soltaram faíscas em cima da ruiva. Com muito esforço, Olga respondeu secamente.

— Oi. — E se fazendo de desentendida continuou: — Você quer falar comigo?

A médica fingiu não notar o sarcasmo nas palavras, nem os olhos frios e penetrantes, e logo abriu o jogo:

— Olga, bom te encontrar aqui num lugar neutro. Cheguei a pensar em ir até seu apartamento. Sinto muito por tudo que aconteceu. Pode parecer estranho o que estou te dizendo, mas é a pura verdade. Lamento profundamente. Eu e Marco nunca tivemos nada.

— Não quero detalhes da história de vocês — adiantou rápido, com medo de ouvir o que a machucaria, já que cada palavra doía como uma navalhada.

— Isso mesmo! Você usou as palavras certas. Não existem detalhes. Não existe história entre eu e o Marco.

— O que eu vi na praia do Guarujá foi a minha imaginação — retrucou com deboche. Ao estudar aquela mulher teve de reconhecer nela uma sexualidade vibrante, que jamais teria.

— Eu e o Carlos armamos para cima de vocês. Fizemos uma aposta. Eu disse que ele não resistiria ao meu charme. Carlos tinha convicção de que Marco nem olharia para mim. Aí as coisas aconteceram. Uma brincadeira terminou dessa maneira.

Olga voltou a observar a vitrine, declarando naquela atitude corporal um ataque silencioso: "Fale logo e suma da minha vista!". Eloá desconsiderou o desprezo expressando o que sentia.

— No nosso meio, Marco era o único médico leal à esposa. Você não tem ideia do que acontece em plantões nos hospitais. Todos os médicos têm amantes, no plural mesmo. — Olga quis vomitar na ênfase dada na palavra: "amantes". A ruiva atropeladamente prosseguiu: — O seu marido sempre vidrado em você incomodava, nunca tinha se envolvido com ninguém. O que se tornou um desafio.

— Você venceu a aposta, Eloá — falou rudemente, querendo por um ponto final no discurso.

— Comecei a assediá-lo como numa brincadeira. Ele não resistiu nem eu. Sexo por sexo. Para você entender, nunca aconteceu nada no hospital. Como uma vadia eu me ofereci por semanas a fio e me envergonho de dizer isso, mas é a verdade. Ele acabou aceitando o meu convite para ir para o Guarujá. Tudo partiu de mim e eu fui rápida, pois temia sua desistência.

— Acabou, Eloá... Não tem mais volta. Não precisa dar mais explicações. Nosso divórcio está em andamento. Deve sair em poucos meses segundo os meus advogados.

— Nunca mais ele olhou para mim e também cortou relações pessoais com o Carlos. Somente fala com ele agora, assuntos relacionados à direção do hospital. Ambos se ajudavam mutuamente. Agora são inimigos.

— Não posso fazer nada por vocês. Dê tempo ao tempo, quem sabe ele retrocede na decisão a respeito da amizade.

— O Carlos também está muito arrependido. Reconhece que errou e está vendo o sofrimento do amigo. Olga, ele está tão triste que perdeu o gosto pela carreira.

— Bom saber que está sofrendo! — voltou a falar com deboche.

— Ele é durão, orgulhoso... Um arrogante. Você conhece o marido que tem.

— Pode chamá-lo de ex-marido, Eloá — interrompeu Olga.

— Procure-o. Releve tudo. Você sabe que Marco não vai te procurar mesmo morrendo de tristeza como está.

— Pois que morra! — falou com ira, perdendo um pouco da pose que apresentava até aquele instante.

— Foram os "quinze minutos" de bobeira que todos temos direito de cometer na vida, Olga. Não deixe o Marco pagar por um erro que nunca quis cometer.

— Temos de pagar pelas escolhas erradas que a gente faz na vida, infelizmente. Aprendi isso com ele. É tarde demais, Eloá. Muito tarde.

— Bem, Olga, eu fiz a minha parte. Falei com você. Sei que não mereço o seu perdão, mas gostaria de ser perdoada.

— Adeus, Eloá! — Ao dizer isso, deu as costas e tornou a admirar as roupas expostas na vitrine, como se tivesse acabado de se encontrar com uma conhecida. Era um disfarce para conter o que se passava por dentro. Todas as imagens do marido com aquela mulher no Guarujá vieram atormentá-la, espezinhá-la. A tarde tinha sido arrasada pelo encontro com a médica. Uma coisa a agradou: Marco estava sofrendo!

A ruiva, impactada pela frieza de Olga se foi aborrecida, contudo, aliviada. Desde o acontecimento sentia-se amargurada. Teve o casamento destruído por uma mulher e agora era a causa do fim de uma união tão linda como a de Marco e Olga. Sentia-se péssima! Esperava que com essa conversa conseguisse pensar em tudo como uma fatalidade. Tinha feito uma promessa a si mesma: nunca mais se envolveria, nem por brincadeira, com um homem comprometido.

Velha de guerra, Eloá entendia que os homens são "traíras", porém Marco era diferente. Ele até custou para entender que estava sendo caçado por ela como uma presa. E é fato que quando uma mulher quer um homem, ele se torna dela de um jeito ou de outro. Mulher vagabunda é mulher vagabunda. Marco acompanhou as estatísticas, já que se deixou levar pela natureza humana. Não seria louca de dizer que não existem exceções. Claro que existem, mas se trata de um número tão ínfimo que, por esse motivo, há generalização. Eloá tinha ouvido certa vez: "um homem só não trai uma mulher se existe um princípio de integridade cristã e forte no seu interior. Fora isso, sem chance. Apareceu a oportunidade, ele cai no pecado do adultério".

Pedro sofreu muito com a separação e tentava esconder da mãe que sentia a falta da presença paterna em casa. Olga, atenta, percebia as aflições nos pequenos gestos: às vezes em um desenho de um super-herói no caderno ou numa redação de uma atividade escolar. Coisas assim...

A participação de Marco na vida do filho se resumia aos fins de semana que estava de folga, dias em que o garoto, feliz, ia dormir com ele. O aniversário era comemorado duas vezes, com a mãe e com o pai. Marco mimava o adolescente e se Pedro ligava para ele, atendia imediatamente. Nunca o deixava esperando mais do que o necessário. O que não recebeu do pai, esbanjava na vida do filho.

No verão, ela ia para a casa de praia em Alcobaça com Pedro, onde passavam uns sessenta dias: Natal, Ano-Novo, Carnaval, semelhantemente como os pais fizeram com ela na sua infância e adolescência. Pedro amava os avós, os bisavós, os tios e primos da família de Olga. Conhecendo as tristezas do adolescente por causa do pai, investia nessa época do ano e o agradava de todas as formas.

Marco ligava muitas vezes, mais que o necessário até e um pensamento, às vezes, povoava a mente de Olga. Era como se ele quisesse estar ali, naquele lugar que nunca se esforçou para estar, participando, ao lado dela e do filho, de mais um verão. Também suspeitava de que ele queria um diálogo ou até mesmo ouvir a voz dela, isso porque era obrigada a atender as chamadas do ex-marido. Normalmente, ficava em casa envolvida com a redação de seus livros enquanto a família saía para passear ou ir a praias mais distantes. Não era como em São Paulo quando o filho atendia, ou ela, de propósito, deixava cair na secretária eletrônica.

O que aumentava a suposição de Olga eram os momentos que ele ligava. Os horários mais impróprios, os quais dificilmente o filho estaria em casa e o silêncio cumprido que se seguia após o seu "alô". Isso o denunciava do outro lado da linha. Friamente, ela esperava o ex-marido se manifestar e os diálogos eram simples, porque ela era rápida e nunca dava chance para uma conversa prolongada. "Oi, Olga. Feliz natal!"; "Oi, Marco. Um instante que vou chamar o Pedro." Outras vezes, ele arriscava uma pergunta: "Não quis ir à praia?". E ela respondia de forma seca: "Não. Olha! O Pedro não está. Ligue mais tarde". Ele sempre encerrava a fala com um "obrigado" manso. Ela nunca respondia, desligava o aparelho ou chamava o filho para atender ao telefone.

Com o divórcio, a vida de escritora de Olga intensificou-se, até porque ela teve mais tempo para dedicar-se aos livros. A primeira publicação, um romance de época, vendeu razoavelmente bem. Os pais, mesmo com a idade avançando, fizeram-se presentes e participaram do lançamento, da noite de autógrafos. Pedro estava com quinze anos e tinha o maior orgulho da mãe. À medida que crescia a semelhança com o pai se acentuava não somente pelo tom verde dos olhos, mas também pelo mesmo porte físico e com o mesmo corte de cabelo que Marco usava na juventude. Ele era sua paixão! Seu maior tesouro, por essa razão, escondia as mazelas da vida de uma mulher sozinha. Sempre se mostrava feliz quando o filho estava por perto. Um era o porto seguro do outro.

Pedro a completava em seu intenso vazio, o que sem dúvida ajudou na escolha de não se envolver com ninguém. Marco bastara, no mais, ainda não tinha juntado todos os cacos da vida conjugal passada. A busca pela inspiração para escrever histórias também consumia muito sua energia, o que de certa forma, impossibilitava o desejo por um novo relacionamento. E não se imaginava sendo tocada por outro homem.

Em tempos tortuosos, quando a depressão rondava, refugiava-se em esquadrinhar os estudos da Bíblia e se firmava nas orações dos Salmos. Passara a frequentar uma igreja próxima à sua casa, onde buscava intimidade com Cristo. Os cultos eram um bálsamo para sua alma cansada. Antes da separação nunca encontrava tempo para desenvolver a sua fé.

Notícias de que Marco tinha relacionamentos chegaram, mas nunca procurou saber detalhes. Conforme Olga tinha profetizado no dia da separação, eles não mais se viram desde o fatídico dia do divórcio. Ambientados em mundos diferentes, seria mesmo muito difícil um encontro e se acontecesse ela daria um jeito de desaparecer em instantes. E foi o que aconteceu ao encontrá-lo em um restaurante. Havia três anos que não se viam.

Ela estava com amigos escritores e na iminência de lançar seu segundo livro. O grupo, após assistir a uma peça de teatro, decidiu por terminar a noite num local dançante. Olga estava lindíssima, num vestido longo, reto, em tom de vermelho fechado, que moldava o belo corpo. Os cabelos negros e cacheados na altura dos ombros.

Ele a viu primeiro, logo que entrou no restaurante. A partir daí, não desprendeu os olhos dela, fascinado pelos lábios carnudos, arrasando no batom vermelho. Doeu assistir ao riso fácil de Olga para Walter, o homem que uma vez aflorara o ciúme dele. O pensamento de que no passado fora o dono daquele sorriso fez ressurgir a amargura.

— Percebi que você já viu a Olga — proferiu Eduardo, que acompanhou o olhar do amigo e deparou com a mesma cena que Marco presenciava.

— Sim — respondeu depois de um gole de uísque.

— Também estou constatando que você não tira os olhos dela. Não vai armar confusão aqui, né?

— Olga, a sua ex está aqui? — perguntou Cassandra. — Onde?

Ninguém precisou responder, pois não demorou sequer minutos para Olga passar bem em frente à mesa deles e seguir para a pista de dança. Marco estava visivelmente estarrecido! Examinou detalhadamente aquele corpo, envolto no tecido fino que desenhava as formas perfeitas. Tinha tanta classe no caminhar, no dançar. Marco se perdia... "Que saudade! Que saudade do cheiro dela! Da alegria simples do abraço de chegada... Que saudade daquele corpo!"

— Não é melhor a gente ir para outro lugar? — arriscou Priscila, esposa do Eduardo.

— Não. De jeito nenhum — respondeu Marco com veemência. Em seguida, complementou com cinismo: — Quando souber que estou aqui, ela vai embora. Quer apostar?

— Ela ainda não o perdoou? Já faz tanto tempo! — comentou Cassandra, irônica.

Ao ver que Olga saía da pista, ele se ergueu do lugar que estava para ser visto. De mãos dadas com Walter, congelou quando deparou com aqueles olhos grudados nela; e como não poderia deixar de ser, demonstrando toda a sua empáfia.

— Oi, Olga. Oi, Walter — cumprimentou Marco com as mãos nos bolsos.

Olga não sabe o motivo, talvez por instinto, coisa que "só o coração pode explicar", soltou as mãos de Walter e respondeu a saudação secamente com um inclinar da cabeça. Abaixou os olhos, pois temia uma cena.

— Vocês estão namorando? — indagou direto e num tom elevado de voz.

— Somos só amigos, Marco — respondeu Walter calmamente, sem perder a classe.

— Liguei para o Pedro na casa da Bia, pois lá em casa ninguém atendeu. Ele me disse que você tinha ido ao teatro.

Olga não respondeu e se virou para todos que estavam na mesa de Marco. Cassandra, uma enfermeira divorciada e o casal de psiquiatras Eduardo e Priscila. Disse "Olá" para eles para tentar disfarçar a grosseria de Marco. Eduardo, sentindo que o amigo poderia perder as estribeiras e exagerar, pois era apaixonadíssimo pela ex-mulher, levantou-se da cadeira e começou a conversar com Olga.

— Sente-se com a gente, Olga.

— Obrigada, Eduardo. Estou com os meus amigos e, na verdade, estou de saída. Eles vão ficar para jantar, eu vim mesmo somente para tomar uma bebida.

— Mentirosa! Vai embora porque me viu aqui — explodiu Marco, entrando na conversa.

— Marco, por favor! — disse o amigo.

Olga ficou vermelha de vergonha, porque olhos astutos em algumas mesas próximas perceberam o conflito. Então, confrontou o ex-marido, porém quase segredando:

— Sou mentirosa mesmo. Você está certo. A verdade é que não fico no mesmo ambiente que você — deu as costas para ele e saiu. Na mesa, pegou a bolsa e se despediu dos amigos.

— Walter, explique pra eles porque estou saindo assim. — Deu um beijo no rosto do amigo e concluiu: — Depois a gente se vê.

Olga saiu do restaurante rapidamente. Estava trêmula, muito nervosa. Na tentativa de acalmar-se, começou a orar os Salmos que sabia de cor, em voz alta. A vontade que tinha era de esmurrar aquele rosto orgulhoso. Quem ele pensava que era! Impertinente! Estava no bar com outra mulher, porque, com certeza, Cassandra não estava ali à toa. Era companhia dele. Já ela não podia jantar com amigos porque ofendia o doutor.

Em casa, debaixo dos lençóis, uma lágrima rolou na face de Olga. O velho sentimento de perda retornou numa agonia de doer o peito. Quando se lembrou do semblante dele morrendo de ciúmes, como se ainda fosse o seu marido, compreendeu como vê-lo fazia mal para seu coração. Ainda não era imune a Marco e não sabia se algum dia poderia encontrá-lo sem gerar sofrimento ao seu emocional. "Meu Deus, três anos se passaram e esse homem ainda me perturba. Como continua lindo! Como estava atraente na calça cinza-escuro e na camisa amarelo-claro!"

E o que ele vira em Cassandra? Uma cinquentona sem graça, até um pouco acima do peso... Mais uma vez, como se tornara comum nos últimos anos, adormeceu chorosa... Numa infelicidade do tamanho do mundo...

Um dos dias mais complicados durante sua vida sem Marco foi quando sentiu uma dor terrível no abdômen. Pedro, então com dezessete anos, queria ligar para o pai, porém Olga impediu e mandou chamar César e Bia. Os vizinhos a levaram para o hospital, pois sequer conseguia dirigir por causa da dor intensa e a ânsia de vômito. Quando chegou ao pronto atendimento, não esperou nem mesmo o tempo de praxe para a entrega de documentos. Recebeu tratamento de rainha. Compreendeu o motivo ao ouvir a conversa entre duas enfermeiras.

— É a ex-mulher daquele gato, o Dr. Marco. Ele acompanhou a cirurgia, mas ela não sabe. Na madrugada esteve aqui atento ao estado de saúde da ex.

— O homem ainda corta um dobrado por ela.

— Também, você viu como ela é linda? Que cabelo, que olhos...

— Devem ser inimigos, pois o bonitão recomendou que ninguém comentasse com ela sobre sua presença aqui na madrugada.

De volta ao apartamento, recuperada, mas sem o apêndice, contou para Bia, divertindo-se com o que escutou das enfermeiras, e a pressionou:

— Foi você quem disse para ele que eu estava indo para o hospital?

— Amiga, foi o Pedro. Ele ligou para o pai com voz de choro dizendo que você tinha saído daqui quase desmaiada nos braços do César. Eu e o César também ficamos com medo e achamos que era o sensato a fazer. Sabia que você ia ter atendimento vip, e não estava certa?

— Ainda bem que teve desconfiômetro e não foi falar comigo.

— Olga, você é muito dura. O Marco é apaixonado por você. Está na cara. Qualquer outro homem teria ligado para o amigo no hospital, feito algumas recomendações e mais nada. Ele não. Ficou lá velando por você e ligava aqui pra casa dando retorno sobre sua saúde.

— Somente eu e Deus sabemos o que passei ao lado daquele "sapo" que a vida inteira me enganou se fazendo de príncipe.

Aos dezoito anos, Pedro tirou a carteira de motorista e ganhou um carro do pai. No mesmo ano, começou a namorar firme. Olga agradeceu a Deus por Alice se mostrar uma bela moça e de princípios cristãos. Uma educação exacerbada e amorosa com o filho e com ela. Tudo que uma sogra poderia esperar de uma nora.

A pressa com o casamento era a única preocupação em relação ao casal. Nada tirava da cabeça dos jovens a decisão de uma união dentro de dois anos. Embora de família abastada, Alice era estudante de artes plásticas. Precisava ao menos completar os estudos para pensar em uma união a dois. Pedro terminava um curso técnico em Processamento de dados, então, nem poderia pensar em um relacionamento sério. Era completamente dependente dela e do pai.

No entanto, Marco não pensava como Olga e apostava na ideia do filho. Ao contrário dele, que nunca recebeu apoio de seu Edgar, Pedro receberia ajuda incondicional em todas as decisões relacionadas à carreira e à família. O ex-marido não permitiria que o filho enfrentasse as mesmas dificuldades que ele. Sempre fora taxativo sobre o assunto. Por tudo isso, um ano após Pedro ingressar na faculdade de administração, Marco abriu uma empresa para o filho, especializada em suporte técnico para conserto e instalação dos computadores em grandes empresas. Pedro deixou ventilar para Olga que tinha um acordo com Marco. Caso chegasse aos vinte anos com notas boas na faculdade, com a empresa prosperando e com bom rendimento, poderia casar-se. Ainda recebera a promessa de ganhar de presente um apartamento. Com tanto apoio paterno, Alice e Pedro faziam planos e não foram poucas as vezes que Olga os flagrou planejando a festa de casamento.

O REENCONTRO

O amor não se orgulha

OLGA CONTEMPLOU-SE NO ESPELHO E GOSTOU do que viu. Quarenta e cinco anos bem vividos. Estava linda! As muitas dores não tinham conseguido destruir a beleza realçada pelos lindos olhos azuis. Os cabelos, agora usados mais curtos, pouco acima dos ombros, ganharam um tom mais escuro de loiro para cobrir os cabelos brancos que insistiam em chegar. O corpo ainda era bem distribuído. Não era perfeito, mas nada do exagero das gorduras localizadas.

O vestido escolhido para o casamento do filho era verde-oliva, modelo reto, feito sob medida, discretíssimo, apenas com um leve decote nas costas. Acessórios dourados se destacavam. Os cabelos num penteado estilo anos cinquenta estavam soltos. A maquiagem deslumbrante destacou os olhos e a boca. Naquela noite, ela brilharia. Estava convencida disso.

O reencontro com o ex-marido seria em paz. Não estava ansiosa. Os sete anos de completa solidão a deixaram fria em sua existência. Passado tanto tempo, tinha uma curiosidade: saber se estava feliz sem ela. Ambicionava estudá-lo e poderia fazer isso com tranquilidade, sem que ninguém percebesse. Afinal, estariam juntos, lado a lado por pelo menos uma hora, período aproximado de uma cerimônia religiosa. Temia que viesse com alguém, porém, estava preparada se isso acontecesse.

Dele não tinha conhecimento de nada. Acreditava que não havia nenhuma companheira, senão Pedro saberia e comentaria com os amigos: Mateus e Vitor. O que cairia fatalmente nos ouvidos de Bia e, consequentemente, nos de Olga. Pedro nunca falava do pai, desde que compreendera que a mãe sofria e mudava o semblante quando o nome de Marco vinha à tona.

Ao subir as escadas da igreja, a calma era evidente em Olga. Um caminhar elegante sem pressa. Um semblante tranquilo. Quando finalmente terminaram os degraus, os abraços de parentes e amigos com os muitos elogios de sempre.

— Você parece uma rainha! — disse a prima Nice ao lado do marido Beto.

— Maravilhosa! — Fernanda também fez questão de expressar sobre a beleza da prima.

— Tive que caprichar. Sou mãe do noivo. — Riu para as primas queridas.

Ao virar o rosto, deparou com os olhos verdes mais lindos que um dia conheceu. O coração disparou por instantes, logo voltando ao ritmo normal, pois o cérebro mandou um aviso rápido de que deveria emitir raiva por ele. Não tinha cabimento derrubar em segundos a resistência de sete anos. Desviou o olhar e buscou a companhia dos convidados que estavam por ali. Bia e César eram padrinhos. Os filhos Mateus e Vitor também. Todos estavam na porta da igreja aguardando o início da cerimônia.

— Amiga, você está linda! — disse Bia, aproximando-se. E, murmurando, falou: — O Marco já está aí. Lindíssimo, num terno verde-musgo e so-zi-nho...

— Bia, pare de querer bancar o cupido — exclamou César, também num tom de voz baixo. — Deixe Olga em paz.

— Não sei o porquê, algo me revela que a história de vocês não acabou.

Olga gargalhou da fala da amiga, que sempre se orgulhava de ter um sexto sentido infalível, e mudou de assunto:

— Papai e mamãe vieram com vocês como combinamos?

— Sim, eu trouxe um carro e o César outro, porque a Fernanda, a Nice e os esposos também vieram com a gente.

— Não se preocupe, vamos levá-los de volta — disse César.

— Obrigada por tudo. Passei a tarde toda no salão me maquiando, arrumando cabelo... Não tinha como trazê-los.

— César, Bia... Que bom revê-los! — Marco interrompeu a conversa deles animado. Deu um abraço em César, um beijo no rosto da vizinha e dirigiu-se a Olga. Entretanto, não ousou aproximar-se, nem mesmo tocá-la.

— Oi, Olga. Bom revê-la também. O tempo te fez muito bem. Virou lugar comum, eu dizer que todas as vezes que te vejo você se apresenta mais linda do que eu me lembrava. — Olga ria por dentro. Agora a amiga surtava.

— Obrigada, Marco!

Estudou aqueles traços. O porte. Ele estava maravilhoso. Bia tinha razão. Lindíssimo. Ou será que eram seus olhos que o viam assim? Espantou o pensamento. Não podia dar vazão à essência inebriante que emanava dele e que nunca esquecera. O efeito Marco poderia ser devastador. E ela tinha o seu orgulho para preservar. Não poderia ser fraca. Não poderia se esquecer "Ele era um cachorro!" Como válvula de escape, resolveu cirandar em terrenos mais seguros.

— Tudo bem com você? O consultório?

— Sim. Tudo bem.

Notou que despistadamente o casal de amigos afastou-se. Olga entendia o motivo. Era Bia fantasiando um possível retorno entre eles. Marco a pegou de surpresa ao comentar sobre a decisão dela de fugir de sua presença nos últimos anos.

— Ainda bem que aqui você não tem como fugir de mim. Não é mesmo? — Não havia acusação na fala dele, apenas uma tristeza contida no timbre de voz.

Embora fosse uma pergunta, ele mais constatava o fato e, por esse motivo, nem esperou resposta, comentando agora sobre a carreira dela:

— Você se transformou em uma romancista de mão-cheia. Nunca tive a oportunidade de te parabenizar pelo sucesso. Acompanhei de longe.

— Obrigada! — Olga demonstrou a intenção de sair de perto dele, mas Marco, rapidamente, fez outra pergunta evitando que ela o deixasse:

— O verde do vestido é uma homenagem à cor dos meus olhos?

— Você é um convencido incurável, Dr. Marco. — Olga riu para ele e pensou: "Será que ele não tinha razão? Sabe-se lá, se ele não habitava no seu inconsciente?".

— Amo o seu sorriso! Quase morri naquele restaurante quando vi você rindo para o Walter e te devo um pedido de desculpas por aquele dia. Sei que estraguei sua noite. Foi desespero. Foi ciúme.

Tentando quebrar o clima de romance produzido por ele, Olga perguntou descontraída, olhando para os lados como se esperasse alguém:

— Se não me engano, foi a última vez que nos vimos, não foi?

— Tem quatro anos. Saí dali bêbado. Pedi ao Eduardo para ligar para você e implorar o seu perdão. Um vexame.

Ela voltou a rir, imaginando a cena. Pelo visto o marido não tinha aprendido que a bebida só complicava; que no dia seguinte após o "porre" os problemas continuavam lá com o agravante da enxaqueca desesperadora. Engraçado, tudo parecia tão distante agora e apenas quatro anos tinham se passado. A sensação era de que tinham se visto havia uns dez anos, tal era a frieza interior.

— Parece que não te vejo há séculos — disse olhando firme para o ex-marido.

— Você foi cruel comigo!

Queria expor que a solidão ensina muito, contudo, calou-se. De repente, foi salva pela organizadora do casamento que atravessou a conversa, chamando-a. A cerimônia começou e, ao lado de Pedro, ela entrou naquela igreja sentindo-se feliz. O filho sorria e ela também.

No altar, cadeiras separadas para pais e padrinhos. Olga, ao lado de Marco, novamente, sete anos depois. De repente, ele aproximou-se do seu rosto e murmurou:

— Você trocou de perfume!

— Você usa o mesmo.

— Sim, você gostava dele.

Não se conteve e, acrescentando ainda em tom baixo, disse:

— Você continua o mesmo, Marco. Um galanteador nato.

— Isso é só com você. Fico um bobo na sua presença. Sei que não acredita em mim, mas é a verdade.

— Não é uma questão de acreditar ou não. Simplesmente não penso nisso. Acho melhor. — No entanto, acreditava nele. Marco não necessitava ser galanteador com as mulheres. Elas babavam por sua atenção. Aliás, não entendia porque ainda não se casara novamente.

Marco desistiu de argumentar a fala dela e não se falaram mais, tornando à atenção para as palavras do pastor. Logo, o ministro chamou os pais para o ritual de bênçãos aos noivos. Marco segurou nas mãos de Olga e somente as soltou quando foi pedido para impor as mãos sobre Pedro e Alice. Olga ficou pensando num sentimento novo, estranho... Parecia que Marco era um amigo. Onde estava o ódio do dia do divórcio?

Ao fim da cerimônia, ela e Marco saíram da igreja de braços dados. Quem conhecia toda a história deles não acreditaria naquela cena se fosse contada.

— Quer carona para o clube?

— Obrigada, estou de carro.

— A gente se vê lá, então? Tenho medo de você desaparecer.

— Isso não vai acontecer! — falou divertida, soltando-se dele, pois já tinham alcançado a porta da igreja.

Na recepção, novamente ficaria ao lado do ex-marido na mesa preparada para os pais. Tentando ganhar tempo, Olga ficou rodando pela festa, conversando com parentes, amigos e tirando fotos. Na mesa da família de Marco, ficou por alguns minutos. As irmãs se casaram e não moravam mais em São Paulo. Não puderam estar na festa do sobrinho. Olga acreditava que não faziam questão. O pai dele estava mudado. A madrasta também. Ambos bem receptivos. Havia respeito e admiração por ela. Podia ver isso nas expressões dos dois. Olga saiu dali pensando: "Nada melhor do que um dia após o outro!".

Não esperava tanta atenção por parte de Marco e não sabia se gostava daquilo. Na verdade, estava até preparada para vê-lo ali com outra mulher só para provocá-la. Por fim, não podendo mais se esquivar, seguiu para a mesa e, como um cavaleiro, ele se levantou para recebê-la. Não ousava se virar para ele e passeava o olhar pelo salão, procurando alguém para salvá-la. Como poderia ser forte com o ex-marido ali tão perto? Parecia que quem os conhecia preferia deixá-los a sós. Sentia o entusiasmo de Marco como no início de tudo. Repentinamente, ouviu o que não esperava, não naquela altura da vida, quando tanta água havia rolado:

— Eu me arrependo! — o tom de voz não era sarcástico. Olga retesou e quis olhar dentro dos olhos dele e olhou. Buscava verdade ali e se assustou com o que descobriu. Era a sua imaginação ou havia humildade naquele semblante sempre tão abusado? Tinha diante dela um homem vulnerável?

— O que eu fiz foi uma loucura. Nunca fui feliz sem você! — continuou ele, surpreendendo-a mais uma vez: — Vamos sair daqui!

— Você está louco? É a festa de casamento do nosso filho! Mesmo que não fosse, Marco. Sete anos se passaram. Sete anos. Não temos nada mais a ver um com o outro.

— Temos muito mais do que você pensa. — Nesse instante, o filho chegou, chamando-os para as fotos. Olga fez uma prece silenciosa agradecendo a Deus; ergueu-se rapidamente da cadeira e ainda ouviu dele:

— A gente se fala depois — mesmo tensa, sorriu, porém, calou-se diante das palavras do ex-marido.

A sessão de fotos com familiares só teve fim com a cerimônia de agradecimentos dos noivos. Olga aproveitou para distanciar-se dele. Não voltou para a mesa e ficou na companhia das primas. Entre elas, relembraram a infância, riram muito... Ambas eram felizes em seus casamentos e moravam em Caratinga. Às vezes, Olga se arrependia de ter deixado sua terra natal por causa de Marco.

A festa foi dando sinal de que estava terminando. Os noivos havia muito tinham partido. Ela estava feliz com a escolha do filho. A esposa era uma boa moça. A pouca idade de Pedro continuava sendo a única preocupação. Orava para que a precipitação dos jovens não tivesse sido um erro. O bom de tudo é que seria avó bem cedo, e como diziam que neto é filho com açúcar, já sonhava com um bebê bem lindo chegando à sua casa e trazendo um cheiro novo para o ambiente.

Não tinha se deparado mais com Marco, e isso a acalmara no decorrer da noite. Contemplou o lugar pela última vez e decidiu que era hora de ir. A festa terminara para os noivos e, consequentemente, para ela. Saiu de forma sorrateira. Não se despediu de ninguém. Tinha medo de se encontrar com o ex-marido, mas acreditava que, por algum motivo, ele também tinha ido embora. Afinal, o lugar não era tão grande assim para alguém desaparecer.

Quando saía do salão, um sentimento de perda invadiu o coração dela. Havia sete anos que perdera o marido. Agora perdia o filho. Deu até vontade de chorar, todavia, tentou segurar as lágrimas se consolando em voz baixa: "O que é isso, Olga? Pode chorar, pois o choro pode durar uma noite, mas a alegria vem pela manhã. Não é isso que diz o seu salmista preferido?".

O pensamento estava longe enquanto caminhava cabisbaixa em direção ao carro. Ao levantar os olhos, surpreendeu-se com Marco, de pé, encostado no Honda preto. Aí aconteceu o que ela não desejava. Lágrimas fluíram sem controle. Procurou disfarçar, limpou o rosto. Não teve jeito. Ele viu:

— Por que o choro?

— Perdi meu filho, né? Agora sou eu e mais eu.

— E eu? — Se você quiser pode voltar a ser eu e você. O Marco da Olga e a Olga do Marco.

Olga respirou profundamente, meditando nas palavras daquele homem. Ele ainda a queria de volta. Estava claro! Gostaria de ter argumentos, respostas rápidas... Mas a mente não ajudava. Estava vazia, como se, de repente, sofresse de amnésia.

Naquela noite, estava muito fragilizada. Talvez dos últimos sete anos, aquele era um dos dias mais difíceis para ela. Como se as barras de ferro que protegiam as suas emoções tivessem sido arrancadas e naquele instante, voltavam a aquecer mesmo que lentamente o coração cauterizado. Enquanto ainda esquadrinhava o que dizer com a mente confusa, Marco aproximou-se, ao ponto de fazê-la sentir o cheiro gostoso do hálito dele, e cantou num tom baixo e afinado como se tivesse ensaiado horas:

Das lembranças que eu trago na vida
você é a saudade que eu gosto de ter.
Só assim, sinto você bem perto de mim,
outra vez.

As defesas da orgulhosa Olga foram derrubadas de uma vez. O pranto deu lugar ao sorriso.

— Vamos viver o agora? Pelo menos uma vez na vida, deixe-me conduzi-la. Esqueça o que passou. Todos erram. Eu errei. Você já me castigou demais.

Com desespero, Marco falava atropeladamente com medo de Olga começar a recitar um rosário de um passado de coisas ruins. Porquanto, não deixou que falasse, muito menos pensasse para responder:

— Tenho um mês livre. Viaja comigo? Quando voltarmos você decide que destino dar às nossas vidas. Olga, hoje, somente hoje, não pondere nada. A não ser se você realmente não sente saudades do que a gente viveu. — A proximidade de Marco perturbou os sentidos e o cheiro delicioso daquele corpo, a levou para lugares havia muito esquecidos. Precisava dizer "não" urgentemente.

— Por que insiste comigo? Você poderia conquistar dúzias de mulheres, em vez disso escolhe a mim, com todo o nosso passado pesando uma bagagem.

— Você está impregnada em mim. Morro um pouco todos os dias sem você. Quero você com ódio de mim. Quero você louca por mim. Quero você de qualquer jeito.

Com os olhos brilhantes por causa das lágrimas que tinha derramado e voltava a derramar, com a maquiagem borrada, Olga não tinha noção de como estava linda naquela madrugada. O verde do vestido realçava ainda mais na pouca iluminação do lugar.

— E aí, vamos comigo?

Dando um suspiro profundo de decisão tomada, ela respondeu suavemente, de maneira tão feminina e tão forte:

— Eu vou com você, Marco.

Descrendo no que ouvia, ele ficou calado alguns segundos para assimilar a resposta. As mãos tremiam. Parecia um adolescente com a primeira namorada. Foram tantas as humilhações por causa daquela mulher que tinha perdido a esperança de tê-la nos braços novamente. Humilhações que Olga nem sabia que ele tinha vivido. Naquela tarde, quando saíra de casa tinha dito a si mesmo que o casamento do filho seria a última oportunidade que daria para eles. Caso Olga objetasse um "não" às suas investidas, iria tentar esquecê-la de vez. Não suportava mais existir com a sombra dela a lhe perseguir, nem sabia se um dia conseguiria se livrar da opressão interior, de um sentimento doído que era aquele de viver sem aquela mulher.

— Obrigado por me dar uma chance. Eu mudei muito e quero mudar ainda mais. Vou te provar isso — disse com mansidão. Ela percebeu um brilho úmido nos olhos dele além da voz embargada.

Tão logo as palavras foram liberadas, nasceu dentro dela um sentimento de aventura. Uma "vozinha" interior ainda insistiu: "Olga, você já é uma quarentona". Na mesma hora, respondeu àquela voz na sua mente e de cabeça erguida: "Quarentona sim, mas vencedora!".

Marco interrompeu os pensamentos dela ainda aparvalhado:

— Espere aqui. Preciso arranjar alguém para levar o seu carro para casa. — Não queria se arriscar a uma possível desistência dela caso ficasse sozinha, longe dele.

— Não seria bom que certas pessoas soubessem de nada, pelo menos, por enquanto, Marco.

Ele parou, olhou suavemente para ela, e afirmou:

— Querida, na altura do campeonato não precisamos dar satisfação para ninguém. Você não acha?

Após um tempo refletindo sobre o que ele tinha dito e tendo-o ali, diante dela, embora apresentando uma ansiedade no aguardo da resposta, esperava Olga pacientemente. Então, balbuciou:

— Faça o que achar que deve.

Em menos de quinze minutos, ele regressava com Eduardo que levaria seu carro para a casa dele. O médico e a esposa também eram convidados de Pedro. Sem graça, ela cumprimentou o amigo de Marco e entregou-lhe as chaves. Antes, pegou a bolsa e o casaco que estavam no porta-malas. Eles se despediram de Eduardo e o ex-marido pegou nas mãos dela. Assim, os dois seguiram para o BMW prateado estacionado perto dali.

Eles não tinham ideia, todavia, amigos e parentes que ainda estavam na festa olhavam petrificados para a cena. A maioria achava que estavam sonhando. Bia já havia ido embora. Seria informada no dia seguinte que Olga não tinha voltado para casa.

— Aonde vamos? — perguntou logo que entrou no carro.

— Para o meu apartamento. Tudo bem pra você? — Olga demorou a responder, pois preferia um lugar mais impessoal e não gostava de saber que seria mais uma de suas mulheres.

— Você se importa de irmos para outro lugar?

— Sei o que está pensando. Nunca levei outras mulheres em meu apartamento. Não tive coragem.

— Jura?

— Juro.

Novamente, com muita paciência, pois sabia que Olga era um terreno movediço, Marco esperou pela decisão dela. Somente instantes depois perguntou:

— E aí, vamos para o meu apartamento?

— Vamos.

Com um suspiro de alívio ligou o carro. Nenhum dos dois arriscava dizer qualquer coisa. Ambos tinham medo. Marco temia que ela desistisse de prosseguir com aquela noite que considerava ser a chance de reconquistá-la. Olga de se arrepender de passar uma noite com ele.

Ao abrir a porta de entrada do apartamento, Marco disse, sem conter a alegria:

— Minha querida Olga. — Fazendo reverência prosseguiu: — É uma honra recebê-la aqui.

Enquanto passeava pela sala, ela não acreditou no que viu. De braços cruzados, encostado num canto, Marco a observava. Havia fotos deles em vários pontos. Além dos porta-retratos que tinha levado na separação, havia adquirido outros.

— Nunca desisti do nosso amor. Por essa razão não me desfiz deles, e é verdade o que cantei pra você! Você é uma lembrança que eu gosto de ter — dizendo isso, foi à cozinha e voltou com um champanhe para eles. — Vamos comemorar o nosso hoje sem amanhã? — disse, apontando para a garrafa.

Ela acenou afirmativamente com a cabeça. Marco rapidinho encheu as taças e ambos fizeram um brinde. Ao terminarem com a bebida, Marco pegou a taça da mão dela e, por fim, ambos ficaram frente a frente. Olga conhecia aquele olhar. Havia desejo contido quando ele proferiu:

— Não sei como não morri de saudade.

— Nem eu — murmurou ela, finalmente abrindo mão do orgulho.

Como dois loucos eles se beijaram tal qual a primeira vez naquela discoteca ao som de Rita Lee, na tão distante cidadezinha de Alcobaça. Beijos longos... Quase intermináveis... Marco não teve arrojo, embora houvesse urgência dentro dele. Sabia que ela amava seus beijos. Queria presenteá-la e a beijou muito...

— Quero de volta o seu perfume antigo — murmurou com mordidas suaves nas orelhas e beijos intermitentes, doces e leves, no pescoço dela.

— Parei de usar, pois me fazia sofrer, me lembrava de você. O último que tive, quebrei na parede, num momento de angústia — Olga respondeu com voz rouca.

Como gostavam de se curtir! Ela tirou o terno dele, a gravata e a camisa numa calma lasciva, sempre sobre a mira do olhar esverdeado. Começou a beijar aquele tórax devagar, como se tivesse algo preciosíssimo sob o poder da boca. "Que saudade daquele homem!" Marco não se mexia. Deixava-se levar pela sensação do toque das mãos da ex-mulher.

— Você teve outra pessoa nesses anos, Olga? — perguntou num sussurro.

— Nunca, e por decisão minha. Meu corpo não se acostumaria a outro toque. — Um lado seu se recriminava por se revelar tão facilmente, mas de que adiantava ser obstinada? Ela pertencia a

Marco e desde que colocara os olhos em cima dele deixara de ser dona de si mesma.

Tocando o rosto dela, Marco lembrou-se do dia em que agrediu aquela face:

— Perdoe-me por ter te batido. Fui um patife. Nunca me perdoei por aquilo. Tenho pesadelos até hoje.

Olga não queria relembrar o passado, encostou os dedos nos lábios amados num pedido de silêncio. Marco entendeu o recado e soltou as alças do vestido da ex-mulher. A peça de seda pura caiu encantadoramente pelo chão, deixando aquele corpo amado apenas num conjunto íntimo, também verde-oliva.

— É uma homenagem aos meus olhos? Não minta.

— Morro, mas não confesso — riu ela.

Ele a fez sentar-se no sofá para tirar as sandálias douradas. Marco fazia isso tudo numa maestria para acender ainda mais o desejo, que já queimava dentro de Olga. A massagem nos pés arrancou um gemido dela que, se entregando, se jogou no sofá. Ele fingia que não notava a paixão que ressurgia e deu continuidade à tortura, acariciando e beijando cada pedacinho daquele corpo, agora tão relaxado, pronto para ser amado.

— Quero você! — murmurou ela.

— Tenho fome de você, meu amor. — De olhos fechados, como se viajasse naquela massagem quente, balbuciou algo inaudível. Marco se levantou e a admirou de olhos fechados, esticada no sofá, esperando pelo agir dele. Feliz, como havia muito não se sentia, pegou Olga no colo, como se faz com um bebê, e carinhosamente a levou para o quarto... Ao atingirem a máxima dos amantes, abraçaram-se felizes e completos. Adormeceram inebriados. Porém, não demorou e foram despertados pelo telefone.

— Não vou atender — disse Marco sonolento, puxando-a para si. — Ninguém me tira dessa cama hoje.

— Marco, não faça isso. Pode ser algo importante. Atenda, por favor! — censurou Olga, completamente desperta.

— Oi — falou ao telefone, depois do apelo, ao mesmo tempo, que a trazia para junto do corpo dele.

— Filho, você está em lua de mel — reclamou exasperado.

— Sim, ela está aqui.

— Pedro quer falar com você — disse ao passar o telefone.

— Oi, Pedro! Aconteceu algo?

— Não acredito que vocês se entenderam!

— Parece que sim. Como ficou sabendo?

— O vovô. Ele me contou que você tinha saído da festa com meu pai. Tive de ligar para saber se era verdade. Não me contive. Peço que me desculpem.

— Não precisa se desculpar, filho.

— Queria ver vocês — havia alegria na voz de Pedro.

— Por favor, Pedro. Não crie expectativa em relação a mim e a seu pai. Estamos tentando nos entender. E hoje é o primeiro dia da sua lua de mel. Vai curtir sua esposa.

— Ok — fez uma pausa. — Mamãe...

— Oi, Pedro — respondeu amorosa.

— Saiba que estou muito feliz.

— Eu sei, filho.

Olga passou o telefone para Marco, que se despediu do jovem dando uma bronca por se preocupar com eles.

Ao colocar o aparelho no gancho, ele se voltou para ela, ali ao seu lado, como sonhara tantas vezes nos anos de separação, e a abraçou num afago em seus cabelos.

— Estou criando expectativa em relação a nós — sussurrou.

— Marco, vamos viver um dia por vez — considerou séria, pensando no alvoroço que devia estar na família naquela altura do campeonato, e em Bia, que devia estar nas nuvens. Revelou a inquietação a Marco.

— Eles torcem por nós. Querem que a gente reate o casamento.

Sem comentar mais nada, Olga soltou-se dos braços dele e, de pé, buscou por algo para vestir no closet. De banho tomado, olhou-se no espelho, e o que contemplou? Cabelos desgrenhados, olhos azuis brilhantes com restos de maquiagem, algumas marcas na pele branca. Sorriu para aquilo tudo e se abraçou. A imagem de uma mulher senão feliz, pelo menos completa, estava diante dela. Sem Marco, a sensação sempre fora de que lhe faltava um pedaço. Como se despertasse de um sonho repreendeu-se: "Ei, dona Olga! Nada de ficar sonhando. É bom ponderar perdas e ganhos. Ou quer sofrer de novo?". Então, passou um pente pelos cabelos e saiu para o quarto, onde Marco não mais estava. Foi para a cozinha preparar um café e constatou que ele estava no banheiro social, pois ouvia que cantava.

De cabelos molhados, vestido de jeans e camiseta azul, Marco juntou-se a ela. Antes de falar qualquer coisa, ficou ali, encostado na porta, apreciando a ex-mulher perto daquele fogão. Tão maravilhosa!

— Parece um sonho o que estou vivendo nesta manhã. Fica linda com a minha camisa. Sabia? — Sem esperar por uma resposta indagou: — Vamos sair para almoçar?

— Preciso ir embora. Minha família, que veio para o casamento, viaja amanhã.

— Quero ir com você. Posso? — Olga não sabia se aquilo estava correto. Nem tinha se decidido ainda, mesmo indecisa, não teve coragem de rechaçá-lo. Quase sempre tinha sido assim. Uma dificuldade para dizer "não" para ele em circunstâncias complicadas que exigiam dela uma posição firme.

Depois do café, Olga foi se trocar. Ao colocar o vestido do dia anterior, surpreendeu-se. Não tinha observado que bem em cima da cabeceira da cama estavam as flores desidratadas. Caso ainda tivesse dúvidas do amor dele, morriam todas naquele momento. Marco a flagrou contemplando o quadro.

— Imaginar que você ameaçou jogar no lixo o memorial do nosso casamento secreto.

Ela pensou em rebater, entretanto, desviou o lado ruim da sua reflexão ao comentar displicentemente:

— Olhando para trás, vejo que foi o momento mais sublime do nosso relacionamento, e eu não dei tanto valor. Uma pena!

— Esqueça, querida! A gente se ama e isso é o que importa. Quero lutar para acertar as nossas diferenças e topo até fazer terapia caso você ache necessário. — Pegando nas mãos de Olga, falou seriamente: — Vivo de lembranças! Não aguento mais! Ou você volta pra mim ou vou lutar por um recomeço sem recordações.

De mãos dadas, eles chegaram ao condomínio. O velho porteiro, surpreso, cumprimentou o ex-marido com vivacidade. Foram recebidos pelos parentes como se nunca tivessem se separado, porém o clima era esquisito... Sem graça... Todos estavam ressabiados, falavam pouco, como se pisassem em ovos. A mesa ainda estava posta esperando por eles, embora todos já tivessem almoçado. Animada, Zita arrumava tudo, enquanto Olga foi para o quarto trocar de roupa. Atirou o vestido sobre a cama e foi para o banheiro limpar o rosto, tirar os resquícios da maquiagem do casamento. Fernanda e Nice bateram à porta no instante em que ela se decidia pelo que vestir. As duas estavam empolgadas.

— Estamos felizes demais. Prima, seus pais até choraram quando souberam que você tinha saído da festa com Marco — comentou Nice.

— E aí, você está feliz? — perguntou Fernanda.

— De verdade? Não sei dizer. Estou vivendo o hoje. Não quero pensar no amanhã.

— Isso mesmo! — concordou Nice. Depois, prosseguiu num gracejo: — Um dia por vez e já está pesado demais.

Olga vestiu jeans e camiseta, em seguida, as três saíram rumo à sala. Marco e ela almoçaram em silêncio. Zita não sabia o que fazer para agradá-los.

— Volta comigo para o meu apartamento hoje? — inquiriu repentinamente num tom baixo.

— Você quer que eu volte?

— É tudo o que mais quero.

— Então, volto, sim, mas vamos passar a tarde aqui com os meus pais.

Olga não gostaria de misturar as coisas, pelo menos por enquanto, e deixou isso bem claro para o ex-marido. Ele respeitou e entendeu o fato de ela não desejar sua presença no apartamento que um dia foi o lar deles.

Após uma semana juntos, escolheram uma praia no Caribe para passar os próximos vinte e cinco dias.

— Você não acha que são muitos dias? — perguntou ela.

— Merecemos esse tempo só para nós.

— Quero te devolver uma coisa e ainda quero te dar uma lembrança.

Marco levantou-se da cama e dirigiu-se ao closet. Ao voltar, estava com duas caixas de veludo vermelho nas mãos. Colocou no dedo dela uma aliança de pedras águas marinhas. A peça era cravejada de brilhantes. Uma joia espetacular.

— No dia em que vi essa aliança, não resisti e comprei para você, mesmo sem saber se algum dia poderia lhe dar de presente. Quero que aceite, mesmo se você escolher não voltar pra mim. Acho que estamos perdoados, não é verdade?

— É linda, Marco. Obrigada!

Pegando a outra caixa, retirou a antiga aliança, mais o anel de esmeralda que Olga tinha devolvido com a separação e colocou-os de volta no dedo dela.

Admirando as mãos agora com o anel de esmeralda e as duas alianças, constatou que Marco estava fechando o cerco e a encostando contra a parede. Como se adivinhasse os seus pensamentos falou:

— É isso mesmo que você está pensando... É a nossa última chance, e se você não decidir pelo recomeço, a minha intenção é riscar você da minha vida, e isso significa desfazer-me de tudo o que viu neste apartamento.

Enquanto arrumava as malas para a viagem, Bia tagarelava para saber os detalhes de tudo. Era o primeiro encontro das duas após o casamento de Pedro.

— Um tormento saber de tudo pelos outros. É o seu Júlio na portaria me dando um detalhe aqui, suas primas falando algo ali e até a vizinhança fofocando. De você mesmo não ouvi nada.

Olga ria da empolgação da amiga, pois se tinha alguém que merecia saber tudinho era ela. Sempre torcera pela volta deles. Quando notou os anéis nas mãos dela, gritou:

— Meu Deus do céu. Que aliança maravilhosa! O seu anel de esmeralda. A aliança. Vocês reataram, então? Que dia ele vem para casa?

— Uma pergunta por vez, amiga — disse rindo. — Ele me deu essa aliança como presente e pediu para eu pegar o anel e a aliança de volta. Ainda estamos numa amizade colorida. Vamos dar tempo ao tempo. Até lá, eu fico no apartamento dele.

Bia esmoreceu e atacou a amiga com palavras duras:

— Não acredito que você não vai aceitá-lo de volta! Pelo amor de Deus, Olga! Põe uma pedra em cima de tudo. A sua vida é triste sem ele.

— Amiga, agora só estou preocupada com a minha lua de mel. A lua de mel que eu nunca tive.

— Desculpa sua amiga aqui. Você está certa. Eu é que sou desorientada. Quero tudo para ontem.

Olga viveu no Caribe um sonho com vinte e quatro anos de atraso. O hotel cinco estrelas era um luxo. As muitas atrações dispensavam o turismo na região e, por esse motivo, com raríssimas exceções, praticamente não saíram das redondezas. Também não estavam naquele paraíso para fazer passeio turístico, e sim para investirem num conserto conjugal.

Uma rotina agradável se criou. Todos os dias caminhavam pela praia e depois curtiam a piscina. À tarde, dormiam, viam

TV ou passeavam, visitando lojas... À noite, desciam para jantar no restaurante do hotel e quase sempre dançavam...

Muitas vezes, deitada no colo dele, ouviu o desabafo sobre os sete anos sem ela. Denominaram aqueles momentos como o tempo de divã... Um ouvia o outro, sem acusações. Marco começou contando de como se entregou ao trabalho, das noites de bebedeiras e até das prostitutas... Foram duas vezes, todavia, sentiu-se tão mal que desistiu de continuar por esse caminho.

— Tentei namorar algumas pessoas, mas notava que o meu desejo era para alguém com um par de olhos azuis escuros. Então, me desesperava, pois na minha cabeça a dona desses olhos me odiava.

— A dona desses olhos estava em outro ponto da mesma cidade chorando se não por fora, por dentro.

Numa outra ocasião era Olga quem desabafava. Falou das noites de solidão e do refúgio que encontrou na palavra bíblica.

— O consolo só mesmo do amado Espírito Santo. Ele me consolava nas ocasiões de choros sem fim. Orava os Salmos de Davi, um socorro nos dias de angústia profunda, quando só pensava na morte. Como desejei morrer, principalmente no início da separação.

— Você fez a escolha certa, meu amor. Escolheu a fé — afirmou Marco, acariciando os cabelos da amada.

— Com o passar dos dias, dos meses, dos anos, o desejo de morrer passou, no entanto, a dor continuava lá, mesmo com a ferida cauterizada. Transmitir a imagem de durona, de mulher forte não foi fácil. À noite, o peso era tão grande que eu desabava.

— Você vendeu maravilhosamente a sua imagem. Achava que passava bem sem mim. Pedro sempre dava boas notícias suas. Parecia feliz com o lançamento dos seus livros ao lado dos amigos escritores e eu me sentindo um derrotado. Achava que somente eu sofria. Eu fui culpado de tudo. Passei a ter ódio de mim!

— Ao contrário de você, desde o início, eu sabia que não suportaria o toque de outro homem. Fiz a minha escolha de ser uma mulher divorciada e sozinha para sempre.

O tempo de divã deles sempre terminava na cama de uma forma gostosa. O "fazer amor" no Caribe foi o melhor do mundo: desse modo responderia se uma amiga entrasse no assunto. A entrega foi sem reservas, sem preocupações. Marco tinha feito muita falta! Entendera, por fim, a intensidade do estresse dos anos de separação... Tanta solidão... Tantas temporadas de angústia...

Não foram poucos os momentos, durante essas semanas, que Olga o pegou olhando para ela, maravilhando-se mesmo, como se fosse uma miragem que desaparece num piscar de olhos. Num desses instantes, quando se espreguiçava ainda deitada, Marco, de pé, com o semblante sério, declarou-se, apertando os olhos:

— Amo você, Olga — disse gentilmente se aproximando e se sentando na beira da cama. — Nunca amei e nunca quis outra mulher. O meu erro maior foi ter colocado a medicina em primeiro lugar, assim que garanti você na minha cama.

Para quebrar a seriedade, até porque tentava se libertar do passado e também nem tinha condições de sonhar com um futuro brincou:

— Ei, você esqueceu? Passado aqui só no tempo do divã. Trato é trato.

Ainda sério, ele pediu perdão mais uma vez. A culpa estava entranhada. No íntimo, Marco suplicava: "Meu Deus, não posso perder essa mulher de novo!". Foram sete anos caçando em outras, o que só ela podia proporcionar. Teve sorte de Olga não ter encontrado outra pessoa. Quando atentava para o período em que estiveram separados, avaliava: somente reinara solidão e mais nada. Era uma solidão esquisita, que doía. Solidão com gente ao redor. A pior que existe, pois realçava o vazio da alma! No caso dele, um agravante, pois sabia quem poderia curar o seu mal: Olga. Entretanto, dela só desprezo.

O último dia naquele paraíso amanheceu perfeito. Ela levantou-se, seguiu para a varanda do quarto e agradeceu aos céus pela paz que sentia. Marco chegou por trás, como se quisesse ser colado nela, e a agarrou num abraço apertado. Algo tão intenso, mais forte que ele! Nenhuma palavra foi dita. Os dois contemplavam a beleza da natureza, como se já sentissem saudades. Após minutos, que pareceram uma eternidade, Olga quebrou o silêncio:

— O que vamos fazer hoje, no nosso último dia?

— O que você acha de passarmos o dia na praia?

— Acho ótimo!

Marco não ousou fazer a pergunta que gritava dentro dele: "Por favor, deixe-me voltar pra casa?", tinha medo da resposta.

MEU NOME É ÉRIKA

O amor nunca acaba

NÃO SE CANSAVA DE ADMIRAR AQUELAS águas poderosas. O mar tinha esse efeito nela: de encantamento. Era capaz de permanecer horas observando aquele mundo misterioso. Ora poderoso com águas violentas, ora manso com águas tranquilizadoras. Os muitos tons, o contraste de suas muitas cores. Às vezes azul, às vezes verde, às vezes dono de águas escuras... No entanto, sempre lindo! Sempre admirável! Eterno! "Se Deus fez algo mais arrebatador, guardou para ele."

Enquanto esperava a volta de Marco, que tinha ido dar uns mergulhos, Olga deixou-se ficar sentada na cadeira de frente para o mar, perdida em devaneios. "Essa maravilha de Deus presenciou a minha maior alegria, num casamento secreto, numa noite de luar e, também, num dia de sol a minha maior dor... Ah, se Ele descesse do céu e como se fosse o meu Príncipe, arrancasse essa dor de dentro de mim e me salvasse dos dragões que atormentam o meu interior! E como ajudou José no Egito, fosse o meu Manasses, me fizesse esquecer...".

Como um milagre para espantar a corrente de pensamentos que iria se descortinar a partir dali, uma mulher surgiu bem ao lado dela.

— Ei, meu nome é Érika — assustada, Olga não respondeu de imediato àquela mulher alta, pele clara, olhos e cabelos negros.

— Ei, você ouviu? Meu nome é Érika! — A estranha enfatizou seu nome, fez uma pausa à espera que Olga assimilasse as suas palavras, e só depois continuou: — Eu sei tudo sobre você.

A princípio, Olga achou que se tratava de uma cigana, mas era óbvio que não era o caso, porque a tal de Érika usava os cabelos soltos, sem um fio fora do lugar, vestia-se de branco, um vestido estilo tubinho, que transmitia leveza e, ao mesmo tempo, sobriedade. Lendo sua mente esclareceu:

— Não sou cigana. Sou apenas alguém que te conhece e veio de longe para te dar uma palavra.

— De longe? Você diz que sabe quem eu sou? Então, diz aí, quem eu sou?

— Você usa máscaras!

Quase que imediatamente os olhos de Olga encheram-se de água. Nunca ninguém a tinha definido tão bem. Há anos estava presa em um castelo protegido pelo dragão da solidão. Com tanto sofrimento, criou para si máscaras oportunas: da humildade, da fortaleza, da alegria, de vencedora e outras tantas... Dificilmente se libertaria, pois era amante do dragão. Não trocava suas noites solitárias por nenhuma outra. Amava estar só. Tinha se apegado ao seu algoz como o seu escudo, e não sabia que, com isso, tinha buscado o próprio mal.

Outra vez decifrando seus pensamentos, a estranha de nome Érika expôs o seu maior pecado. O que não gostaria de ouvir.

— Olga, o orgulho precede a queda!

— O que você quer dizer com isso? — perguntou imediatamente com o coração na mão.

— Quero dizer que você é orgulhosa, uma mulher triste, uma mulher fraca, uma derrotada. O orgulho te impede de perdoar e de novamente ser feliz. A solidão passou a ser usada na sua vida como arma de defesa e você não tem ideia de como esse monstro te fez mal nestes anos todos. Você tem hoje a oportunidade de começar a arrancar suas máscaras e ser uma mulher de verdade. Com este alerta, o seu Príncipe veio te salvar. Não perca sua chance!

Um vento violento vindo não se sabe de onde começou a se levantar. Olga tentava segurar os seus apetrechos: chapéu, bolsa... Marco, vindo do mar, correu para ajudá-la. Procurou ao redor por Érika e não a viu mais. O céu escureceu e, em segundos, uma chuva forte os lavou. Ambos começaram a rir! Marco a abraçou e a rodopiou... Como dois amantes amados, se beijaram ali, sem ligar para a chuva libertadora que molhava a ambos. Era um bálsamo de Deus!

EPÍLOGO

... se não tiver amor...

No avião, regressando ao Brasil, Marco e Olga estavam silenciosos. Nenhum dos dois conseguiu manter um diálogo. Ela fingiu dormir boa parte do tempo. Ainda não tinha tomado nenhuma decisão e temia ser pressionada por ele. No mais, as palavras da tal de Érika não saíam da sua cabeça. "O seu Príncipe veio te salvar!" Será que Deus ouvira a sua oração? Será que ela deveria deixar o orgulho de lado, aceitar Marco de volta, que Deus a ajudaria a se esquecer do passado?

Quando o comandante de voo anunciou que pousariam em poucos minutos, Marco ajeitou o assento dele e ajudou Olga com o dela. Por um instante, olharam-se e se deram um beijo rápido. A confiança era insuficiente para expressar o que remoía em seu interior. Estava apavorado! Com medo de receber um "não", deixaria ela se manifestar; já ficara claro que a queria de volta.

— Vou sentir saudades do Caribe — falou manso.

— Do Caribe? — inquiriu ela jocosa.

— Do Caribe com você — corrigiu, anunciando um tom triste na voz.

— Amei o nosso interlúdio de amor. Você esteve perfeito!

— Escuta, não vou pressioná-la para a gente voltar em definitivo. Se você tiver migalhas para mim, eu aceito. Se você quiser recomeçar, estou pronto. Se você não quiser recomeçar, não estou preparado para ouvir isso de você, porém, terei de aceitar sua decisão.

Marco falou de forma direta e com firmeza. Olga tentou absorver o posicionamento dele em cada palavra e pronunciou os sentimentos que a afligiam:

— Não sei se quero viver aquilo tudo de novo. O seu amor sempre representou um cativeiro para mim, passados anos entendi isso, Marco. E não sei se quero retroceder. Aprendi a ser sozinha. Foram dezessete anos recebendo migalhas da sua presença, depois mais sete em completa solidão...

— A gente tem muito pra viver juntos. Eu também, ao meu modo, fui um solitário nos últimos anos. Anos vazios sem você. Uma sensação horrível. Quero lhe dizer que ainda tenho muito para mudar. Ainda não venci a arrogância nem meu jeito estúpido de ser, mas desejo acertar... Acertar para lhe fazer feliz e não para mantê-la presa. Ao seu lado, posso superar qualquer coisa.

— Quero ter certeza para voltar. Preciso de provas de que você mudou.

— Eu li seus romances. — Sabia que ela se surpreenderia com a revelação, por esse motivo, usou como trunfo de prova de amor.

— Mentira!

— Verdade!

— Se você ousasse abrir a gaveta do criado-mudo no meu quarto os teria encontrado. Quer saber o motivo?

— Acho que sei. Queria descobrir sobre os meus sentimentos e pensou que os encontraria naquelas linhas.

— Não. Busquei naquelas páginas maneiras de amar você, assim como os protagonistas dos seus livros amam suas heroínas. — Depois de uma pausa e de olhos baixos, prosseguiu: — Eu sei que falhei quando não investi mais em nós. É duro confessar, mas nunca quis encontrar tempo e fui roubado de você.

Olga ficou muda. Não sabia o que dizer, mas não deu continuidade à conversa porque a comissária de bordo anunciou o pouso realizado. Todos no avião começaram a se movimentar e se preparar para deixar a aeronave. Os dois ainda esperaram uns bons minutos e, então, ergueram-se de seus assentos.

— Pedro confirmou que vem buscar a gente?

— Sim — respondeu Marco.

Depois de resgatarem as malas, saíram no portão de desembarque e avistaram o filho. Pedro não cabia em si de felicidade de ver os pais juntos e os abraçou vigorosamente, perguntando sobre a viagem. Não parava de falar um só segundo. Marco o interpelou na saída, a caminho do veículo:

— Filho, leve sua mãe para casa. Eu vou de táxi direto para o meu apartamento. Preciso ligar ainda hoje para o consultório e saber como está a minha agenda, além de avisar nos hospitais que estou de volta das férias.

Antes de Olga entrar no carro de Pedro, Marco a puxou para perto, encostou a cabeça dela no seu peito e ficaram dessa maneira, abraçados por longos minutos. Ainda afagou os seus cabelos e, com um último beijo, sentenciou:

— Agora vai pra casa e pense... Pense muito e, sem querer ser piegas, saiba que se decidir por não recomeçar, você estará nos condenando a uma vida de dor, a um "infelizes para sempre".

Olga acenou com a cabeça afirmativamente, demonstrando entendimento de tais palavras, uma vez que compreendia o que era dor de carência e de solidão. Talvez, Marco nunca tomaria conhecimento que ele era como uma doença incurável que estaria com ela até o fim da vida, pois sete anos longe um do outro, sem toque de peles. De alma nunca se separaram. Por fim, entrou no Mazda do filho e não olhou para trás. Numa aflição que sufoca, uma lágrima rolava dos olhos dela... Marco via o carro desaparecer de sua visão com um peso. Lia nos olhos de sua amada o medo de um recomeço... O coração de Olga era uma rocha.

FIM

Ainda que eu fale a língua dos homens e dos anjos, se não tiver amor, serei como o sino que ressoa ou como o prato que retine.

O amor é paciente, o amor é bondoso. Não inveja, não se vangloria, não se orgulha. Não se conduz inconvenientemente, não procura seus interesses, não se ira facilmente, não guarda rancor.

O amor não se alegra com a injustiça, mas se alegra com a verdade. Tudo sofre, tudo crê, tudo espera, tudo suporta.

O amor nunca acaba.

Apóstolo Paulo

EM BREVE, OS OUTROS LIVROS DA SÉRIE:

PRÍNCIPES NÃO EXISTEM

Ana

Doce, mansa e romântica ao extremo. Ana vai aprender com lágrimas que os contos de fada só existem nos livros. O coração está preso a Benício, seu primeiro amor encantado. Mas, como se libertar de uma ilusão, resistir ao pecado e continuar ao lado de Otávio: um marido acima de qualquer suspeita, que provará o que um homem, não um príncipe, pode fazer e suportar por amar uma mulher.

Cecília

Uma vítima de pais impregnados por ideais do movimento hippie e avós rígidos, moldados pela fé religiosa. Dizia não amar os homens, amava o amor... Descobriu-se romântica e se viu na vida amando e se decepcionando, amando de novo e voltando a se decepcionar... Até precisar se decidir entre um amor livre ou seguir a razão... Roberto ou Heitor? Será que tanto faz? Afinal, príncipes não existem!

Érika

No quarto livro da série, Olga, Ana e Cecília se conhecem durante uma viagem e descobrem que têm muito em comum. Nesse encontro, algo poderoso vai descortinar a falácia que está por trás dos contos de fada e o ponto chave da descoberta está numa mulher misteriosa chamada Érika.